一九九六～二〇〇五

陳長慶作品集

小說卷（六）

【陳長慶作品集】

小說卷・六（烽火兒女情）

目次

寫在前面

親愛的讀者們：

寫完《夏明珠》後，我的思維隨即進入《烽火兒女情》的構思裡。雖然離開爾時受教的最高學府，掐指一算已四十餘年，然而，一年初中生涯，的確讓我受益良多。因此，當我走上文學這條不歸路時，我不得不透過即將鏽蝕的筆，試著把它記錄在生命的扉頁裡。誠然它並非是我青春歲月的全部，但那份彌足珍貴的情誼，卻時刻在我心中蕩漾；在我夢中縈繞。

《烽火兒女情》由五〇年代末期延伸到六〇年代，它有浯島純樸芬芳的鄉土情景，亦有學子青春奔放的歡樂氣息，更有一個感人的愛情故事。但讀者們別忘了，它只是一篇小說。雖然部分情節取材於現實人生，而文中出現的某些人物卻是虛構的。我只是依照小說創作的原理，賦予他們生命，讓他們遊戲在人間，倘使有相若之處，純屬巧合。

在尚未揭開原文的序幕時，我依然要據實相告：冀望讀者們能以看小說的心情，讀完每一個章節，對文中的人物和故事毋須加以臆測和聯想。

第一章

歷經無情戰火的摧殘和凌遲，目睹死傷無數的鄉親和官兵；村內倒塌的屋宇，村外被蹂躪的田園，那情、那景，猶如是昨夜的一場惡夢。

隨著時光的逝去，炮聲雖然稍為和緩，兩岸也透過廣播取得單打雙不打的默契，而共軍卻經常失信於這方島嶼上的人們；想打就打、高興什麼時候打就什麼時候打，從未為同是炎黃子孫的島民，留下一絲生存的空間。因而，距離清平尚遠，島民依然生活在恐懼和不安中……

隨著戰亂疏遷到台灣的「福建省立金門中學」，在炮戰過後的第三年終於回金復校。讓失學在鄉的莘莘學子，又重燃升學的希望。在復校的那一年，計招收初一新生八班，初二學生三班，附設特師科一班，合計有學生五百餘人。校長由政委會指派姜漢卿少將兼任，師資大部分由臺灣遴聘；或許是顧忌烽火連天的戰地，一般的老師沒有蒞金任教的意願，因此它的素質參差不齊。然而，自幼生長在這方島嶼上的孩子們，又有誰會去計較這些呢？在戰火的淫威下，能重新在課堂裡受教；在隆隆的炮聲中，能接受中等教育，已經是他們此生最大的奢望了。

陳國明頭上戴著一頂破舊的箬笠，穿著一條用中美合作的麵粉袋，縫製而成的短褲，打著赤膊，左手揮動牛繩，右手按著犁柄，來來回回地犁著剛收成過後的花生田。田裡的土質是細沙多於泥土，因而較為鬆軟，老牛簡直不費力氣，拖著犁快速地向前走，但陳國明的手卻搖搖晃晃，掌握不住重心，一行行被犁過的田土，不是歪就是斜；看在父親眼裡，非但沒有責怪他，反而相信孩子的聰穎和勤奮，假以時日必能成為一個稱職的「做穡人」。

犁田是農人必備的看家本領，從最簡單的「犁草田」到繁複的「車土豆股」、「撖蕃薯股」……等，幾乎每一種作物，在播種時都有不一樣的「犁」法。其中犁草田是初習農耕的第一步，只要能鬆動田土，不要讓休耕後的田裡雜草叢生，就算達到目的；至於是直、是歪、是斜，似乎沒有太大的關係。這也是讓孩子們學習犁田的大好機會，只要經常練習，熟能生巧，將來犁起「土豆股」、「蕃薯股」……等，絕對能駕輕就熟；也不會因自己的本事不到家，而責怪老牛走歪或走斜了！

小學畢業已二年了，雖然陳國明考上了初中，但卻遇上八二三炮戰。務農的父親、貧窮的家境，實在籌措不出那筆為數不少的學雜費和住宿費，讓他隨著金門中學疏遷、赴台升學。然而在這段輟學的日子裡，他除了協助父親農耕，早上也批了些油條燒餅，躲躲閃閃地穿越共軍的炮火，到鄰近的村落和駐軍的營區外四處叫賣，賺點蠅頭小利，除了貼補家用，也希望有一天能重回學校繼續讀書。

機會終於來了，那是民國四十九年的春天，島嶼已日漸安定，陳國明得知金門中學準備返鄉復校，也同時要招考初中一年級的新生。於是他利用工餘，把荒廢許久的課本重新拿出來溫習，看在不識字的父母親眼裡當然高興，但也有一股無名的輕愁，一旦考上了，學費要從哪裡來？家中擁有的只不過是那幾畝旱田，倘若老天不下雨，也就沒有了收成。欄裡的二隻豬，靠著廚餘和野菜來餵養，何日始能長大出售、賣個好價錢，好來支撐這個貧窮的家？一切還是未知數。

陳國明家是村公所登記有案的二級貧戶，經常地可見到他年邁的父親提著麻袋到鎮公所領取救濟品。只要接到通知，無論多忙，總是先把田裡的工作擺一邊，惟恐一下子全讓人領光似的。每次都是行色匆匆地走了好長好遠的一段路，到鎮公所排隊領取。有時領到的是牛油和奶粉，有時是幾件老舊而不合身的衣服，但他都如獲至寶地裝在麻袋裡揹回家。然而，領回來的奶粉均是一些堅如石塊的全脂奶粉，除了要先把它敲碎外，一用熱水沖泡，幾乎都凝結成一粒粒的小顆粒狀。或許黃種人和白種人的體質、胃腸不一樣，喝過這種奶粉不久，肚子就嘰哩咕嚕地叫不停，而後是「落屎」。大家只好辜負「阿篤仔」的一番心意，把美援的奶粉做為豬的飼料。而那些牛油罐頭，陳國明的母親則用來炒菜；夏天還好，一到冬天，吃了用牛油炒的菜餚，唇上莫不凝結著一層白色的油脂。至於那些特大號的舊衣服，不適合東方人穿，但卻能重新剪裁或修改，它的質料總比中美合作的麵粉袋好吧。

那天他獨自一人從鄉下走到沙美，搭乘一輛老舊的客運班車前往金城，在「示範中心小學」參加考試。雖然跟往年的入學考試一樣，只考國語、算術、常識三科，但題目似乎較簡單靈活，多數答來均能得心應手，如果沒有什麼意外，錄取應該不會有問題。陳國明信心滿滿地想著，也偷偷地笑著。然而，他也同時看到一些來參加考試的同學，個個塊頭都比他高、年紀似乎也比他大；有些女同學甚至已是亭亭玉立的大小姐，如此的一比，更顯出自己的瘦弱和矮小，將來一旦成為同學，勢必個個都是大哥哥和大姊姊。

考完試，陳國明並沒有蹲在家裡等放榜，早上他依然賣著油條和燒餅，過後不是摘野菜，就是隨著父親從事農耕，偶爾也下海撿拾海螺。俗話說：靠山吃山，靠海吃海；海裡的生物的確很多。然而這片海域遙對著對岸的圍頭和深滬，海岸邊的一舉一動，都逃不過共軍的望遠鏡，也多次遭受共軍炮火猛烈的襲擊。因此居民並不能離岸下海捕魚，只能在岸邊的石縫處或水潭裡撿海螺。大一點的如「珠螺」、「苦螺」、「蟳水螺」，他的母親會用鐵錘，在螺嘴處敲一個缺口，而後放在甕裡用鹽醃；約莫十餘天後始能醃熟，螺肉就能順利地從硬殼裡旋轉出來，那便是一道美味可口又下飯的「螺仔鮭」。

每逢單號的黃昏，父親總是要陳國明提早回家。雖然現在打宣傳彈較多，但那「咻轟隆，咻轟隆」的聲音，依然令人心悸。萬一被它的碎片擊中，不死也會皮肉開花，遑論是彈頭彈尾。因此，每遇單號夕陽西下時刻，在山上從事農耕的村人，莫不牽著牛羊，準備回家躲炮彈。

那晚，陳國明一進家門，母親就急忙地拿著一個信封遞給他說：「阿明啊，聽排副說是金門中學招生委員會寄來的。」

陳國明趕緊拆封一看，興奮地尖叫了一聲，「阿母，我錄取了！」

母親似乎沒有他來得高興，只淡淡地笑了笑。而這淡淡的笑靨裡，何嘗不是隱藏著幾許輕愁。看家裡這副窮酸樣，在小舖賒欠的油、鹽、米錢，都必須仰賴賣豬、賣羊始能償還，那還有餘款可供他到城裡讀初中？而且初中與小學是不一樣的；小學樣樣免費，三餐都在家裡吃。讀初中卻樣樣要錢，除了書本費、學雜費、住宿費，最讓人吃不消的是每個月的伙食費；因此孩子的興奮，卻是她內心說不出的苦痛。

父親剛踏入門檻，陳國明拿著錄取通知單，快速地迎了過去，依然興奮地嚷著：「阿爸，我錄取了！」

父親沒有即時的回應他，把手中的鋤頭輕輕地放在門後，而後用他粗糙的手摸摸他的頭，唇角難掩那絲慈祥又喜悅的微笑。然而，那緊鎖的眉頭卻隱藏著一絲無名的苦楚，陳國明是否能明白？

「阿爸，您會讓我去讀嗎？」陳國明仰起頭，雙眼凝視著父親多皺的臉龐。

「會的。」父親再次地摸摸他的頭說：「阿爸會想辦法的。」

至於辦法要怎麼想，似乎與陳國明無關，而是他阿爸和阿母的事了。

今晚雖是單號，但卻出奇地平靜。「巷頭」的「桌仔」已燃起一盞微弱的「土油燈仔」，陳國明的父親坐在一張矮小的「椅頭仔」，習慣地把左腳放在椅上，啜了小小的一口五加皮酒，而後剝了一顆炒過的花生，輕輕地放在嘴裡，慢慢地咀嚼著。他想的並非是明天該先「撖蕃薯」，或「割露穗」；如何籌措到孩子的註冊費，才是他此刻唯一想想的。

於是他想到了嬸婆，一位靠著僑匯生活的孤單老人，雖然她給人有一種冷漠的感覺，講話也一向尖酸刻薄，絲毫不為人留情面；但惟有她老人家，才是他的至親，才能明瞭他的處境。他也始終相信：只要是正當用途，嬸婆會樂意幫忙的。

「嬸婆，國明他考上初中啦！」陳國明的父親笑嘻嘻地對著嬸婆說。

「這個年頭讀那麼多書有什麼用？」嬸婆冷冷地說：「教伊犁田做穡才是真的。」

「國明他有讀書求上進的願望，做父母的不忍心讓他失望。」陳國明的父親解釋著說。

「你的話說來好聽，初中是要到后浦讀的，每年要花很多錢，你知道不知道？」嬸婆不屑地說。

「我知道…。」

「你既然知道，我倒要問問你，你有錢嗎？」沒等他說完，嬸婆搶著說。

「我想先向您老人家借幾百塊，讓國明先去註冊…。」

「你什麼時候還我？」嬸婆打斷他的話，「這點錢是我的棺材本，你是知道的。」

「欄裡的豬再過一年半載就能賣了；一旦賣了豬，我一定會先還您。」

「等你賣豬，我不知道還在不在人間！」嬸婆說後，轉身走進房裡。

陳國明的父親不敢再說些什麼，癡癡地站在一旁等候，他已看出嬸婆會幫他解決這道難題的。久久，嬸婆出來了，右手緊緊地拿著一個小包包，打開二個結，取出用手帕包著的一疊紙鈔，食指沾著口水，一張張的數著。

「這五百元是借給國明的學費，你可不能拿去喝燒酒，」嬸婆面無表情地遞給他，「賣了豬不要忘了先還我。」而後低聲地丟下一句：「欠恁這家口的債！」

有了這五百元，陳國明的註冊費總算有了著落；如果再加上他販賣燒餅和油條所賺的錢，相差已不遠，到后浦讀初中的希望已不再渺茫。而就在他內心充滿著興奮的同時，借住在家裡「櫸頭仔」的駐軍補給官，得知他考上了初中，除了給他五十元錢做為獎勵金外，也因為買了新手錶，而把一只從大陸老家帶出來的老錶送給他。陳國明除了身懷一份感激的心外，更有一份難以言喻的喜悅。補給官把錶帶剪短，親自幫他戴在黝黑瘦小的左腕上，只有諄諄的教誨，沒有教條式的訓示；珍惜時光，好好唸書，或許才是他送錶的原意和期許吧。

第二章

依規定剃了光頭，穿上黃卡其制服，陳國明提著一床舊棉被，以及簡單的行李，住進靠近教室的第四號防空洞。島嶼雖不大，然交通卻十分不便，除了后浦以及鄰近村落的同學能通學外，其他鄉鎮的學生均受限於交通工具的不便，必須住校；因而造成原有的宿舍不敷使用，連防空洞也派上了用場。

小小的防空洞，裡面擺著四張雙層床，供給八位同學住宿。洞裡陰暗潮濕蚊蟲多，一盞微弱的燈光，伴著八位來自不同鄉鎮的學子在這裡求知識。然而他們沒有半句怨言，亦未曾怪罪學校的不公；雖然沒有大寢室寬敞，但它卻清靜，沒有人多時的吵鬧和喧嘩；遇到單號炮擊，更可高枕無憂，不必三更半夜起來躲炮彈，這何嘗不是有失亦有得。

初一共有八班，分別以：忠、孝、仁、愛、信、義、和、平來區分。孝班是男女合班，平班是女生班，其他班級均為男生。陳國明被分配在男生的最後一班，級任導師是外文系畢業的香港僑生吳老師。吳老師常年理著小平頭，金色的眼鏡緊扣在他那俊俏而不苟言笑的臉上；衣著整齊體面，頗有幾分書生氣質。然而，不知從什麼時候起，班上的同學在暗地裡都叫他「空坎膦耶」。所謂「空坎」不外乎是瘋癲和傻瓜。但老師教的是英文，每每都是一板一眼、一本正經地教學生唸萬國音標，而空坎這個綽號不知緣起何處？似乎也沒有一位同學能說出它的由來。不多久，全校的同學都知道有這一位老師，只聽到男同學背後叫他「空坎膦耶」，女同學則叫他「空坎耶」，當然他是有聽沒有懂，相信也不會有人向他解釋空坎二字的意涵。

開學後的第二週，學校的佈告欄裡張貼出一份公告，「中國大陸災胞救濟總會」提供五十名公費生，接受貧困學生的申請，每月補助伙食費二百元，申請的資格必須要有貧戶的證明文件。陳國明看到這則消息，簡直是喜出望外，依他的家庭狀況絕對能申請到這筆公費，他信心滿滿地想著。二百元對富裕的家庭而言是筆小數目，而對他貧窮的家境來說，則是一筆龐大的金額。如果能長久擁有這份公費，相信父親一定能讓他唸完三年初中的。然而，當陳國明依規定檢附證明文件提出申請時，卻受限於班上的名額，於是導師不得不對一些同時提出申請的同學做一番比較。當老師點到他時：

「陳國明。」

「有。」

「你家是做什麼的？」

「種田。」

「家裡領了奶粉和牛油嗎？」

「有。」

老師頓了一會，久久地打量了他一番，而後指著他的左手腕說：「你手上戴的是什麼？」

「手錶。」

「有錢買手錶，還要申請公費？」

「老師，手錶不是買的，是住在我家的補給官送的。」

「這不是理由！」

為了戴上補給官送給他的這隻老錶，陳國明申請公費的案子被空坎腸的導師否決掉，老師把那個公費名額，給了家庭經濟狀況比他還好的班長。當公佈的那一天，陳國明傷心地痛哭著。然而，他能怪罪這隻老舊的手錶嗎？補給官的心意，老師是不會瞭解的，他已喪失了領公費的機會，除了用功讀書外，別無他途；只是苦了為他張羅學費的父母親，下一個月的伙食費不知錢在哪裡，這也是他倍感憂心的。

那天一早，天上雖有星光閃爍，但大地仍是漆黑的一片。陳國明揹著書包，迎著刺骨的寒風來到教室，在自己的座位上點燃蠟燭，一遍遍輕聲地朗讀著國文課文。驀然，一個慈祥而熟悉的身影立在眼前，他的臉頰紅潤，雙眼炯炯有神，身上那襲軍呢縫製的中山裝，更顯露出武將的英姿。是校長，陳國明心裡一怔，趕緊站起，向他深深地一鞠躬。

「校長早。」

「早。」校長走近他，在他薄弱的肩胛上輕輕地拍拍，眼神裡流露出一道慈祥的光芒，「天氣冷了，要多穿件衣服，以免著涼。」

「謝謝校長。」陳國明再次地一鞠躬。

「蠟燭的光線不夠亮，要注意自己的眼睛。」

「是的。」陳國明必恭必敬地回答著。

校長雙手環繞在背後，微微地走動著，突然轉回頭，對著他說：「你那麼早起來讀書，讓校長非常感動，但還是要注意自己的身體。」校長說著，微低著頭關懷地問：「你有沒有申請公費啊？」

「報告校長，我申請過，但沒有准。」一提起公費，陳國明的眼眶紅了。

「你有沒有貧戶的證明文件？」校長關心地問。

「有。」陳國明據實說。

「你寫一張報告，送到總務處劉主任那裡，校長准你公費。」

「謝謝校長！」陳國明深深地一鞠躬，又一次地，「謝謝校長！」

目送校長步出教室，陳國明竟伏在書桌上哭了起來；然而他流的並非是悲傷的淚水，而是喜悅的淚珠。如此一來，他每月將不必繳交二百元的伙食費，對一個貧窮的家庭來說，那不僅是雪中送炭，簡直是遇到了貴人。

校長特准陳國明公費的消息很快地在校園裡傳開，有些同學想如法炮製，但已沒有陳國明的幸運。坦白說：陳國明的天稟並非很高，功課亦非頂尖，才藝活動亦無出眾的才華，如果說有可取之處，那只不過是一份農家子弟的純樸。因而，除了班上同學外，認識他的人並不多；但經過這次事件後，認識他的同學顯然地增加了不少，但並沒有造成他的困擾，他依舊是一個平平凡凡的學生。

星期六下午，住宿生依規定可以回家，但陳國明為了節省來回的車資，兩星期才回家一趟，自己一個人住在陰暗的防空洞裡，似乎也不覺得可怕。當然，留校的並不只有他一人，但大部分是來自烈嶼的同學。

星期天一早，陳國明習慣地到水井旁打水洗衣服。只見他蹲下身，低著頭熟練地把衣服浸濕，抹上肥皂，然後放在臉盆裡浸泡，再用棕刷刷遍每一個角落。

「這位同學，桶裡的水能讓我們先洗洗手嗎？」

陳國明抬頭一看，竟是兩位女生。較高的那位穿著制服，站在水井的外緣，較甜的那位穿著毛衣外套，已走進井旁，說話的就是她。

「沒關係。」陳國明站起身，靦腆地笑笑。

她們很快地洗完手。穿毛衣外套的同學，用桶裡的水細心地沖走旁邊的肥皂泡沫，而後看看他說：「我們打一桶水還你。」她說後，提著空桶，拉著繩索，緩緩地把水桶放進井裡。

「不必客氣啦！我來。」陳國明見狀，趕緊搶下她手中的繩索。

「今天不是禮拜天嗎，你怎麼沒有回家？」

「我家住鄉下，交通不方便。」

「哦。」她沉思了一下，看看他臉盆裡的衣服，「你洗得乾淨嗎？」

陳國明沒有正面地回應她，抿著嘴，笑笑。

「你打水，我來幫你洗……。」

「不！」他快速地把水桶拉上，漲紅著臉說：「我快洗好了。」

「沒關係啦！」她說後，正準備蹲下身。

「蔡郁娟，妳別無聊好不好？」穿制服的女生笑著說：「人家臉都紅了！」

「王美雯，難道妳忘了：助人為快樂之本呀！」蔡郁娟站了起來，甩甩手，笑咪咪地走到她身旁。

陳國明面對著她們，傻傻地笑笑。笑出他臉上的熾熱和靦腆，笑出一個純潔的少男心扉。於是，他記住兩位女生的名字：一位是蔡郁娟，一位是王美雯。

第三章

學校設有伙食團，住宿生幾乎都在學校搭伙，每月繳二百元的伙食費，六人一桌，早上饅頭稀飯，中晚餐二菜、大鍋湯、大米飯。從貧困的家庭中一路走來，能吃到如此的飯菜，已感到十分的滿足，豈敢再冀求什麼。然而，部分同學的行為實在讓人不敢苟同。每當總值星喊出「開動」的口令，他們快速地伸出筷子，拚命地把菜往自已的碗裡夾，然後再把盤中湯往碗裡倒，老實而動作慢的同學只有乾瞪眼的份，它像極了軍事術語裡的「打衝鋒」。陳國明眼見如此的情景，幾次想伸手跟他們一搏，但一想起父母親的教誨，他總是忍下來；經常地，他都以大鍋湯泡飯吃，唯一想看的是：他們能「衝鋒」到幾時？是自身的行為偏差，還是家教出了問題？這些道理雖簡單，卻讓陳國明陷入一陣長長的迷思中。

在伙食團搭伙的學生必須輪流擔任買菜，特師科的大哥哥們有豐富的閱歷，或許均能獨當一面，調配菜色。初一、初二的這些毛頭小子，有些連菜市場都沒到過，那有採買的經驗和能力。因此，他們只有跟著廚房的工友，踩著一輛老舊的三輪車逛菜市場，採買大權也由工友來掌控，他們負責提籃和扛菜。工友會先請他們吃碗廣東粥或是豆漿和油條，錢，當然是從副食費裡扣；至於買些什麼菜，似乎與他們幾位真正的採買無關。

陳國明和另外一位同學，在工友的帶領下扛著大竹籃，擺放在一家雜貨店的門口；裡面早已擠滿了採購的人潮，老闆戴著老花眼鏡，拿著算盤穿梭在其間，陳國明突然發現到一個熟悉的身影，竟脫口叫著：「蔡郁娟。」店裡所有的眼光霎時都集中在他的身上。

「你還記得我啊？」蔡郁娟笑咪咪地走出來對著他說：「如果我沒猜錯，你就是陳國明，對不對？」

陳國明臉頰熾熱，傻傻地不知所措，似乎後悔叫了她。

「你當採買？」蔡郁娟問。

陳國明點點頭。

「學校伙食團的雜貨都在我家買。」

「好大的店面。」陳國明再次地看看店內齊全的貨物，驚訝地說：「東西好多啊！」

「哪有。」她柔聲地說。

陳國明淺淺地笑笑，微微地向她揮揮手，而後跟著工友轉了一個彎，走向專賣蔬菜的市場。

連續幾天的採買和監廚，陳國明學到了課本裡面學不到的知識。而最令他興奮的是：

蔡郁娟竟然送給他一瓶「麻油豆腐乳」。她雖然細心地用舊報紙包著，但似乎並不怕被父親看見，大大方方地遞給他說：「新產品，很下飯，試試看。」

「不好意思啦！」陳國明不敢伸手去接。

「習慣就好啦！」蔡郁娟再次遞給他，笑著說。

陳國明靦腆地接了過來，竟忘了向她說聲謝謝。然而，他的心裡卻不停地想著：是不是因為在她家買雜貨的關係，每位採買都會得到一瓶麻油豆腐乳？還是純粹送給他試試看的？工友說：以前並沒有這種情形。或許陳國明該相信他這句話。

蔡郁娟送的麻油豆腐乳，的確與陳國明在餐廳吃的豆腐乳不一樣。它軟軟綿綿的，充滿著麻油香，鹹度辣度恰到好處，入口即化、口感十足。而餐廳裡的豆腐乳，既鹹，又辣又硬；雖然同是豆腐乳，吃來卻有不一樣的口感。他何其幸運，能嚐到如此美味的佳餚。於是每到用餐時，陳國明總會把它帶到餐廳，在同桌的同學打衝鋒下，當盤底朝天時，他只好夾出一小塊，或淋上一點湯，很快地就能把一碗飯吃完。因此，他非常感謝蔡郁娟，而這份謝意卻只能隱藏在他的內心裡，總不能跑到女生教室，當面向她說聲謝謝吧。

晚飯後，距離晚自習還早，住宿生大部分都會選擇在運動場或校門口那片寬廣的操場上活動，甚至住在附近的同學，沒事時也經常在校園裡逗留和漫步。有些則帶著書，斜靠在木麻黃粗壯的主幹上溫習功課，亦有三五好友坐在樹下聊天，這幅情景，在晴朗的天氣裡經常可見。現在雖然是冬天，但並未遭受寒流的侵襲，因而，也沒有冬的冷颼和寒意，操場上依然有許許多多的同學在走動、在聊天。

陳國明和班上的同學林維德剛走出校門，卻遇見了王美雯和另外一位女同學，這本來是一樁微不足道的小事，然而林維德卻拉著陳國明想快速地走開。

「林維德，你給我站住！」是王美雯兇巴巴的聲音。

他們同時一怔，雙雙停下腳步。

她倆緩緩地走近他們的身旁。

「小弟，我們走！」王美雯拉著陳國明的衣袖，「讓林維德當面向李秀珊講清楚。」

陳國明莫名其妙地被王美雯拉著走。雖然是同學，但彼此並非很熟稔，較接近的一次，或許是和蔡郁娟在井旁交會的時光裡。此刻她那麼親切地叫他「小弟」，又把他拉著走，讓人看見成何體統，真搞不清楚她是為什麼？

坦白說，王美雯已是一個亭亭玉立的大小姐，陳國明尚是毛頭小子一個，依此看來，她的年紀或許要大他二、三歲，叫他小弟似乎並無不妥之處。而為什麼要林維德當面向李秀珊講清楚？這是他唯一不明白的地方。

林維德在班上的功課一向很好，考初中時也是名列前茅，數學更是他的拿手科目。據說他在小學時有一位要好的女同學，她是否就是李秀珊？

「王美雯……。」陳國明還沒說完。

「叫我美雯姐。」王美雯聲色俱厲地說：「你沒看到我高你半個頭？」

「別那麼兇嘛。」陳國明看看她說：「一副赤爬爬的模樣，驚死人！」

「以後看見我，不叫聲美雯姐，我就搥你！」王美雯做了一個打人的手勢。

「我長這麼大，從沒見過像你這麼歹死的查某囝仔。」陳國明笑著說。

「還說！」王美雯又比劃了一個想打人的手勢，而後笑著說：「唬你的啦，其實你長得那麼可愛，阿姐怎麼捨得打你！」

「妳別挖苦我了，誰不知道我們鄉下孩子，土裡土氣的。」

「就因為土裡土氣才覺得可愛。」

「美雯姐，但願妳說的是真話。」陳國明看了不遠處，正在爭執的林維德和李秀珊一眼，問王美雯說：「他們在爭什麼啊？」

「他們在小學一直很好，雖然不同村，卻是青梅竹馬的玩伴。」王美雯瞄了他們一眼，「你沒看見，上了初中後，林維德慢慢地在疏遠她。聽說他和孝班的一位女同學，兩個人都很有意思。」

「有意思？」陳國明不解地，「有什麼意思啊？」

「笨蛋！」王美雯白了他一眼。

「妳才笨呢！」陳國明不甘示弱地說：「有意思與沒意思，又有什麼關係？」

「你還小，不懂！」

「我還小，不懂？」陳國明滿面疑惑地，「請問美雯姐，誰對妳有意思？妳對誰有意思？」

「小鬼！」王美雯樂得哈哈大笑。

「這有什麼好笑的，」陳國明不屑地，「真有意思！」

「不跟你抬槓啦，反正你還小，不懂！」王美雯收起了笑容。

然而陳國明是真不懂？還是一知半解？抑或是全然不知？在小學時，只有誰對誰好，誰跟誰好，那來有意思、沒意思的。

「王美雯。」遠遠的叫聲，陳國明一聽就知道是蔡郁娟的聲音。

「嗨，蔡郁娟！」王美雯向她揮揮手。

「陳國明，你怎麼也在這裡？」蔡郁娟走近他們身邊，好奇地問。

陳國明笑笑。

「在這裡等妳呀。」王美雯脫口說。

「要死啦！」蔡郁娟白了她一眼，又拍了她一下肩，而後看了不遠處的林維德和李秀珊。「他們怎麼啦？」

「談判。」王美雯說。

「神經病，吃飽沒事幹。」蔡郁娟瞪了他們一眼。

「話別說得太早，有一天讓妳碰上了，想不神經病也難啊！」王美雯消遣她說，突然又轉向陳國明，「小弟，你說是不是？」陳國明笑而不答。

「哎喲，我的天哪！才見過幾次面，談過幾句話，竟叫起小弟來啦。」蔡郁娟拍著手說。

「哎喲，我的天哪！才見過幾次面，談過幾句話，竟思思念念起來啦。」王美雯仿著她，笑著說。

三人同時笑出聲，也笑彎了腰。

而遠方似乎也無戰事了，林維德與李秀珊緩緩地走了過來。

陳國明趁機低聲地向蔡郁娟說：「謝謝妳送我的豆腐乳。」

「好意思，吃完了才謝。」蔡郁娟笑著。

「還沒吃完。」陳國明辯解著說。

「不合胃口？」

「不，捨不得吃。」

「喜歡的話，吃完告訴我，」蔡郁娟坦誠地說：「我隨時供應。」

「謝謝妳，蔡郁娟。」陳國明由衷地謝著。

晚自習的鈴聲已響起，教官亦已在校門口等候，住宿生陸續回到教室，陳國明並未向林維德問起他和李秀珊的事，腦海裡印著的只有蔡郁娟和王美雯的影子。王美雯像大姐姐，蔡郁娟是同學。其他的，莫若讀書急。

第四章

第二次月考的成績終於公佈了，陳國明的用功並沒有白費，各科成績都有明顯的進步；尤其是英文，竟然考了滿分，唯一較不滿意的是數學。

上星期因為準備考試而沒有回家，這個星期六，他已和同鄉鎮的同學約好，不坐金城客運的公車，沿途邊走邊攔軍車。防區司令官已有規定，遇到民眾在路邊舉手攔車，只要有空位，必須停下讓民眾搭乘。倘若運氣好，攔到駐紮在住家附近的軍車，不多久就可抵達家門，同時亦可省下二塊五的車資。如果運氣差點，大家沿途說說笑笑、嘻嘻哈哈，一個多小時亦可回到家裡，並不覺得累。

他們一夥六人沿著運動場邊的榕樹下走，不一會，發覺有輛軍用大卡車駛來，有些人舉手，有些人敬禮，卡車果然停下。駕駛班長說：車子只到頂堡。大夥兒急速地上了車；心想：到了頂堡，下一站不就是后盤山嗎？后盤山一到，瓊林已在不遠處，他們已走出了無窮的信心和希望。

沿途上他們談論著：

最美麗的女生是：林春花。
最歹死的女生是：王美雯。
最純情的女生是：蔡郁娟。
最嫻雅的女生是：何秋蓮。
最愛哭的女生是：李秀珊。
最三八的女生是：梁玉嬌。
教英文的老師叫：空坎膦。
教歷史的老師叫：炊麵包。
教地理的老師叫：笑面虎。
教國文的老師叫：駱駝。
教數學的老師叫：奢綏。
教博物的老師叫：貓臉。

他們興高采烈地談著、笑著，忘了路途的遙遠和疲勞，忘了對老師的尊敬、對同學的包容。他們說小不小，說大不大，自以為是人世間快樂的小天使，自以為是現時代裡的小頑童，在這塊純樸的大地雀躍高歌。

八二三，六一七對他們來說並不陌生，一幕幕悲劇經常在這個小小的島嶼上演，他們沒有忘記戰爭的恐懼，何曾敢忘掉悲慘的歷史教訓，只是他們此時身處的是一個不一樣的時空。一個歷經戰火洗禮而未曾接受時代考驗的青年學子，又能為這個苦難的國家做些什麼？倘若共軍的炮火不再摧殘這個島嶼，和平的鐘聲能在小島上響起，他們勢必能受完教育，做這個時代的主人翁！

陳國明回到家裡，脫下制服，在父親的囑咐下，帶著「三齒」和「簸箕」，直接往牛欄裡走。父親要他把牛欄裡的糞土清理出來，俟空閒時挑到田裡堆放，待春雨過後再把它散開，好做為春耕時的肥料。

或許是在學校吃了近二個月的大米飯，顯然地陳國明的身軀似乎壯了點。他揮動著三齒，一下下地挖；挖出的是牛的糞便和尿液凝聚而成的糞土，它有青草的芳香，亦有尿液蒸發過的騷味。這種味道對他來說是自然而親切的氣味；只有農人、只有農家、只有在這個純樸的農村裡，始能擁有這份最原始、最古老的風味，這何嘗不是他的福份。

他停了一下，把三齒靠在胸前，微微地吐了一口氣，環視著牛欄的四週，石塊砌成的牆壁牢固依然，牆角的蜘蛛網，白蟻啃食過的樑柱，無一不是歲月留下的痕跡。靠東的那間是柴房，幾塊灰色的瓦片取代古老的紅瓦，雖然不搭調，但它卻是父親難忘的回憶。

晚飯時，陳國明把月考的成績和學校的一些瑣事，都一一地向父母親稟告。甚至吃飯時部分同學不守規矩，打衝鋒的情景也一併說給他們聽。

「這是一個嚴重的問題，」父親笑笑，「寧可米飯泡湯吃，也不能有這種偏差的行為。家雖窮，但窮要窮得有骨氣。」

「我還當了採買呢。」陳國明得意地說。

「你當了採買？」母親訝異地問：「你買了些什麼菜？」

「說來好笑，名譽上是採買，實際上是去抬籮筐。」

「那麼由誰買呢？」母親又關心地問。

「廚房的工友全包了。」

父親點點頭，笑笑。

「我們買雜貨的那家店舖，是一位女同學家開的。店面很大，貨物很多，生意好得不得了。」

「唉，后浦人都是有錢人。」母親感嘆著說：「人家做幾天生意，遠勝我們種一年田。」

「那位女同學還送我一瓶麻油豆腐乳。」

「這怎麼好意思。」母親沉思了一下，「我們也沒什麼東西可送人的。」

「缸裡的安脯糊是剛輾過的，有錢人總是喜歡吃一點不一樣的口味，」父親想了想，「不妨帶點安脯糊送給她家。吃人一口，還人一斗，禮尚往來嘛！不能佔人家的便宜。」

「人家會不會嫌安脯糊太粗俗了。」母親憂慮地說。

「如果遇到歹年冬，想買一斤安脯糊還真難呢。」父親感慨地說：「做穡人是吃怕了安脯糊，生意人見到白米粥就沒胃口。俗話說：『有魚有肉，也著菜相甲』它的道理就在此。」

陳國明聚精會神地聆聽著，想不到識字不多的父親，竟能說出這番道理，著實讓他敬佩。

晚飯後，母親找來一個軍用罐頭的空鐵罐，洗過後又擦拭得乾乾淨淨，裝滿了一罐安脯糊，復用一塊乾淨的布蓋在上面，再用細麻繩綁緊，但願這罐安脯糊蔡郁娟的家人會喜歡。

第二天午飯後，陳國明又必須回學校，他把那罐安脯糊小心翼翼地放在書包裡。或許蔡郁娟會吃不慣這些傳統的五穀雜糧，但老一輩的人是否真如父親所說的：「有魚有肉，也著菜相甲」，坦白說，它何嘗不是一個有趣的譬喻。然而人生在世，不如意的事十之八九，不公平的事更多，貧窮與富裕的差距，就是一個典型的例子。母親說得不錯：「人家做幾天生意，遠勝我們種一年田。」

陳國明從家裡出發，抄著相思林後那條蜿蜒的小路走，這條小路對他來說並不陌生。他曾經冒著炮火，和父親挑著花生藤，準備賣給沙美鎮上的屠宰商燒水殺豬。那時天微亮，剛走過一座窄小的石板橋，共軍不知發現到什麼目標，突然轟隆轟隆地打起了炮。而落點就在他們的不遠處，一時濃煙密佈，強烈的炮聲震耳，父子倆快速地躲在石橋下，橋下佈滿著雜草和泥濘，以及兩顆驚慌失措的心。當他們從新起步，他的腳卻被炮彈的碎片割傷，鮮血從他的腳趾不停地流下，父親趕緊取出口袋裡的香煙，把細細的煙絲敷在他的傷口處為他止血，他咬緊牙關忍受著腳趾的疼痛，終於抵達了沙美。經過秤後，一百多斤重的花生藤，只賣了三十五元，父子倆花了三塊錢，每人喝了一碗「土仁湯」吃了一條「油食粿」。如今想起來，仍然記憶猶新。

到了沙美，陳國明雖然碰到了幾位同學，但似乎都沒有走路回校的意願。於是，他們一夥坐上金城客運老舊的公車，它搖搖晃晃地疾駛在往后浦的黃土路上。在車上，沒有喧嘩和吵鬧，也沒人再談起老師的教學趣事和校園裡的新鮮事，一個個隨著車輪的跳動而震動著身子，一次次被彈起又坐下。不久，車已抵達后浦北門的金城客運公司，大夥並沒有聚在一起，各自往不同的方向走。

陳國明經過「上帝宮口」，正準備左轉的同時，卻遇到了王美雯和梁玉嬌。

「小弟！」王美雯大聲地喊著。

「美雯姐，妳要嚇死人是不是？那麼大聲。」陳國明停下腳步，笑著說。

「膽小鬼，這樣也會把你嚇死！」王美雯白了他一眼，依然大聲地說。

「不要那麼歹死好不好？」

「這是天性！」她加重了語氣，「在班上誰敢惹我，不信你問問梁玉嬌。」

「女生當然不敢，男生可就難說啦！」梁玉嬌慢條斯理地說。

「誰敢！」王美雯咬著牙說。

「鄰班的男生，他名叫……」梁玉嬌賣著關子，「他名叫……」

「三八阿嬌！」王美雯瞪了她一眼。

一旁的陳國明樂得哈哈大笑。

「有什麼好笑的？」王美雯大聲地問。

「不好笑，不好笑，」陳國明搖搖手笑著說：「一點也不好笑！」

王美雯和梁玉嬌也情不自禁地笑出聲來。

「晚上我們準備去看電影，你去不去？」王美雯問陳國明。

「妳不怕教官把妳揪出來？」

「今天是禮拜天，怕什麼！」

「不怕妳們笑，我哪有錢看電影啊。」陳國明坦誠而認真地說。

「你緊張個什麼？」王美雯輕鬆地說：「到時自然有人會替你買票。」

「美雯姐，妳真愛說笑，誰會替我買票？」

「阿嬌，」王美雯指著梁玉嬌笑著說：「三八阿嬌她要請你看電影。」

「王美雯，拜託，妳別在這裡牽牽拖拖的好不好。」梁玉嬌有些兒不悅地。

「生什麼氣啊，三八！」王美雯笑著，「輪不到妳的。」

梁玉嬌笑了。而陳國明卻滿臉的疑惑，誰會請他看電影？或許是王美雯開的玩笑，因此他並不十分的在意。

「記住，六點開演。」王美雯指著自己的鼻尖，笑著說：「大姐我，在中正堂門口等你。」

陳國明笑笑，並沒有刻意地放在心上。

學校的大禮堂，由政委會經營電影放映生意；因為是島上僅有的一家電影院，幾乎是場場客滿。學校亦有明文規定，學生除了星期假日外，其他時間不能看電影。或許，如此規定是針對一些家庭富裕的同學，家貧如陳國明者大有人在，他們幾時買票進去看過一場電影？學費、伙食費，已是一個沉重的負擔，那來的餘錢可供揮霍。唯一有的是，少數住宿生利用晚自習的機會，趁著老師或教官不注意時，偷偷地趴在中正堂的大窗上，從它的空隙處瀏覽一下免費電影。然而，陳國明卻從未有如此的記錄，倘若說有，也只是路過時，頓足看看貼在玻璃櫥窗裡的海報。

回到防空洞，同住的同學都還沒有回來。陳國明放好了母親為他洗滌過的衣服，也把那罐安脯糊放在床頭上；他會俟機送給蔡郁娟，心想：總不能冒昧地送到她家，至於她會不會喜歡這罐安脯糊，陳國明並沒有想過。

他揹著書包，來到教室；然而教室卻空無一人，或許剛月考過，同學們不願就此走進教室，再次地承受課業上的壓力，利用這個難得的星期假日，先舒解一下長久被壓抑的身心吧。

他的家庭狀況顯然地與其他同學不同，父母咬緊牙根讓他遠到這個城鎮求學，如果不好好地把握這段美好的時光，精益求精，百尺竿頭更進一步，勢必愧對父母的養育之恩，這也是他時時刻刻不敢忘懷的。於是他取出課本，針對較弱的數學，重新再演算一遍，他始終相信，皇天不負苦心人這句話。

冬陽很快就西沉了，窗外那抹彩霞也不見了，陳國明正在收拾書包，卻聽到門外有熟悉的呼喊聲，他趕緊跑了出去。

「陳國明，你還待在這裡幹什麼啊，不是說好要去看電影的嗎？」王美雯急促地說。

「美雯姐，真去看啊？」陳國明一臉的茫然，「誰請客？」

「我王美雯什麼時候騙過你？你別管誰請客，反正有人買票就好。」她拉了他一下衣袖，「快走啦，馬上開演了！」

從教室到禮堂，只不過轉個彎就到，看王美雯急成這副模樣倒也好笑。然而，收票口已排了一條長長的人龍，男男女女正緩緩地前進著。在未排隊的那群人裡，陳國明看到了蔡郁娟、梁玉嬌。

「蔡郁娟，我正要找妳。」陳國明興奮地走近她身旁。

「找我？」蔡郁娟迷惑不解地看著他說：「有事？」

「我要送妳一罐安脯糊。」

「安脯糊？」蔡郁娟百思不解地問：「你哪來的安脯糊？」

「我家裡剛輾過的。」

「真的！」蔡郁娟高興地笑著說：「我們全家都喜歡吃安脯糊，尤其白米粥再和些安脯糊，既黏又甜又香又可口，不必配什麼菜當佐餐就可吃上兩碗，現在想起來還真讓我垂涎呢。」

「我看讓你垂涎不是安脯糊，而是……而是……」梁玉嬌故作神秘。

「而是什麼？而是什麼？」蔡郁娟又急又快地問，又做了一個要搥她的手勢，「說妳三八，一點也不假！煮了再請妳們來吃，這樣總可以了吧。」

「還吵！」王美雯提出警告，「再吵電影就看不成了，還不趕快入場。」

蔡郁娟拿著入場券，梁玉嬌伸伸舌頭，陳國明傻傻地跟著她們走。

進入戲院，王美雯拿走蔡郁娟手中的入場券，在暗淡的燈光下，仔細地看了看，而後分給每人一張說：「各坐各的位。」

然而，不知是王美雯故意安排，還是巧合，陳國明竟然與蔡郁娟坐在一起，她們二人不知坐到什麼地方去了。

陳國明自然又自在地坐下，雖然第一次和女生坐在一起看電影，但並不覺得有什麼特別的地方，更無懼於其他人的眼光，因為他擁有的是一顆沒被污染過的赤子心。雖然和蔡郁娟坐得很近，也聞到一股淡淡的少女幽香，時而他的右手肘會輕輕地碰到蔡郁娟的左手肘，但他總是很快地縮回來。畢竟他來自一個純樸的小農村，還是一個沒開竅、不經世事的少男，沒有一般城市中的少男少女那麼早熟和世故，僅僅以一顆平常心接受同學的邀約來看這場電影，與一般情人是不一樣的。

蔡郁娟轉頭看看他，又遞給他一顆泡泡糖；是否也同時傳遞著一份無名的情意，陳國明並沒有做任何的聯想，只回報她一個看不見的微笑，嘴裡卻輕輕地咀嚼著泡泡糖裡的那份香和甜，而後雙眼回復到銀幕。男愛女、女愛男已是電影裡不可或缺的情節，這似乎也是人類心靈最自然的流露和悸動。然而它卻是一部西洋文藝片，雖然聚精會神地觀賞它，但只是一知半解；對於片中的情節和內涵更如雲霧般地茫然。

小時候，常有勞軍電影在村裡上映，印象最深刻的是「泰山」，而環繞在泰山身旁的都是一些從未見過的老虎大象和猩猩。只要聽到泰山的呼喊，牠們就自動地跑來和他會合。尤其是泰山手攀粗藤越過山谷和湖泊的驚險鏡頭，更是讓這群鄉下孩子看得直呼過癮。國片裡的李麗華、林黛、鍾情、嚴俊，也是經常在勞軍影片裡出現的明星。而此時，陳國明除了憶起這些童年往事外，他的內心裡彷彿是碧波無痕的大海，當蔡郁娟這艘小舟航行在他的心海時，是否會興起波濤洶湧的巨浪？還是期待黑夜過後的日光明？他的一顆處男之心是否會接受這份純純的愛？抑或是還要歷經歲月的考驗？

散場後，王美雯和梁玉嬌都主動來會合。陳國明要她們在校門口等候，他快速地衝回防空洞裡，手提著那罐安脯糊，親手交給蔡郁娟。

「謝謝你，陳國明。」蔡郁娟興奮地接了過去，並感性地對大家說：「明天叫我媽煮一大鍋，請大家一起吃。」

「妳就請王美雯和梁玉嬌嚐嚐安脯糊的美味吧。」陳國明笑著說：「我從小到大，一年三百六十五天裡，幾乎有二百天以上吃的是安脯糊；現在看到安脯糊，卻有不一樣的滋味在心頭。」

「陳國明，如果你不去，蔡郁娟這頓安脯糊，不知要何年何月何日才能煮熟、才能讓我們吃得到。」梁玉嬌說。

「三八！」蔡郁娟白了她一眼。

「美雯姐，」陳國明對著她說：「謝謝妳請我看電影，讓妳破費了。」

「陳國明，你謝錯對象啦！」王美雯指著蔡郁娟說：「請你看電影的是她，我和阿嬌是陪客、是電燈泡。」

「不，」蔡郁娟指指王美雯復又指指梁玉嬌笑著說：「妳們不是電燈泡，是燃燒自己照亮別人的臘燭。」

她們哈哈大笑，笑成了一團。然而，一個在窮鄉僻壤成長的初一學生，他能理解電燈泡和臘燭的意涵嗎？或許，該問問這些早熟的城鎮女孩。

「在我的心裡，妳們彷彿是我家那盞『土油燈仔』，雖然微弱，卻能帶給我無限的光芒。」陳國明感性地說。

「夭壽哦，恬恬呷三碗半，」王美雯驚奇地，「不說則已，一說驚人，簡直是出口成章嘛！」

「是啊，」梁玉嬌緊接著說：「就是這副模樣才讓人疼入心、疼入骨呀！」

「三八！」蔡郁娟又狠狠地白了她一眼。

「難道我說錯了？」陳國明不解地問。

「陳國明，你沒有說錯，」王美雯說後，指向一旁的蔡郁娟，「錯的是罵人三八的蔡郁娟。」

目送她們說說笑笑、吵吵鬧鬧地走在回家的小路上，陳國明的嘴角也掠過一絲小小的笑意，或許，這就是所謂的少年時光、青春歲月吧！

校園已是一片寂靜，夜的情愫也籠罩著整個大地，今天對他來說是一個全然新鮮的一天，他勢必會把它記錄在生命的扉頁裡。

夜，更深了……

第五章

在同班的同學中，陳國明和林維德較談得來，兩人也經常在一起研討功課，或到校門外、操場下那條幽靜的大壕溝裡讀書。壕溝的左邊是農田，右前方是一片墳墓，因而較少人來到這裡。

林維德的年紀和塊頭都比陳國明大，看來已是一個俊逸的少年家。他的家境不惡，父親在駐軍的師部旁，開了一家小館子，據說生意不錯。

「那天你和李秀珊談什麼啊？看你們大聲小聲地爭不休。」陳國明低聲地問。

「這個女人簡直不可思議。」林維德激動地說：「她說我和孝班的一位女同學很好。」

「所以來興師問罪？」陳國明笑著說：「聽說你們在小學時就很好了？」

「從小學一年級到六年級我們都是同班。」他淡淡地說：「很好也是真的。」

「你現在說的很好，以後會不會變成相愛啊？」

「那也不一定，」林維德似乎成熟很多，「要看看是真愛、假愛、還是亂愛。」

「愛還有那麼多名堂啊？」

「小鬼，長大你就懂。」

陳國明笑笑，心裡想：不懂的事還多著呢，以後再向林維德討教吧。

不一會走來兩位同學，陳國明和林維德同時站起。

「你就是陳國明？」穿喇叭褲的那位問。

「是的。」他禮貌地答。

「你真有本事，」他說著，推了陳國明一把，「竟然帶三位女同學去看電影！」

「你為什麼推我？」陳國明站穩腳步後，不客氣地問。

「推你又怎樣？」

他又想推他，剛一出手，卻被陳國明用手猛力地撥開，並順手推了過去。畢竟他是拿過鋤頭和三齒的，外表看來似乎較瘦弱，但手腳並不遲鈍，這也是那位穿喇叭褲的同學意想不到的。

「你敢反抗？」他說著，露出手背上三個藍色的小圓點，「看清楚，嘉義回來的。」

「嘉義回來的又怎麼樣？嘉義回來的就可欺負人嗎？」林維德疾聲地走來聲援，一把拉住他，「我們見教官去！」

「算了，算了，」與他同來的那位同學，眼見陳國明和林維德不是好欺負的，趕緊前來打圓場，「大家都是同學嘛！」

「陳國明，你給我記住，離蔡郁娟遠一點，少動王美雯和梁玉嬌的腦筋！」臨走時，穿喇叭褲的那位同學提出警告。

「呸！」陳國明氣憤地在他背後吐了一口痰。

他們走後，陳國明和林維德相視地笑笑。

「想不到學校會有這種敗類。」陳國明搖搖頭說。

「嘉義回來的留級生，有什麼好神氣的。」林維德不屑地說，而後又追著問：「你真的帶她們去看電影啦？」

「你說我有這種本事嗎？」陳國明解釋著說：「我家的經濟狀況你最清楚，是王美雯叫我去看的。」

「他們怎麼會知道？」

「我也不清楚。」陳國明有點委屈地。

「還有誰？」

「蔡郁娟和梁玉嬌。」陳國明坦誠地說：「是蔡郁娟買的票。」

「難怪喔。」林維德擊著掌，沉思了一會說。

「幾百人同在一起看電影，有什麼好大驚小怪的。」陳國明不在乎地說。

「問題不是出在這裡，而是這幾位女生都是學校較活躍的人物，欣賞她們的男生一定不少，才會有今天這種局面。」林維德為他解釋著說：「難道你沒有看到，嘉義回來的那位同學像極了兇神惡煞。」

「台灣不就數台北最繁華、最熱鬧嗎？他為什麼不說是台北回來的，而偏偏說是嘉義回來的。」

「你真的是土包子一個，我實在想不透王美雯她們為什麼會請你去看電影。」林維德加重語氣說：「嘉義出鱸鰻呀！」

「原來如此。」陳國明點點頭，「林維德，你信不信，土包子沒心機啊，這或許是她們請我去看電影的最大理由吧。」

「說來也是，她們絕對不會請嘉義鱸鰻去看電影。」林維德肯定陳國明的看法。

「說不定有一天李秀珊也會請我去看電影。」陳國明開玩笑地說：「因為我土包子沒有心機呀！」

「對你，我是有這個雅量的。我絕對不會說：少跟李秀珊在一起，少動李秀珊的腦筋。」

「為什麼？」

「因為她的年紀比你大呀！大姐姐請小弟弟看電影，又有什麼好奇怪的。」

「林維德，開玩笑總歸開玩笑。說實在的，自從和你在一起，讓我學到很多東西，這些都是在課堂上學不到的，彷彿在一夕間長大了許多。」

「陳國明，坦白告訴你，剛開學時看到你那副又黑、又瘦、又土的模樣，的確是有些兒排斥。但你對人誠懇、待人有禮，學業成績也不錯，全身上下更充滿著金門少年的純樸和厚實。如果我沒說錯，這也是王美雯她們樂意請你看電影的最大理由。」

「不，我沒有你想像的那麼好。有時我是很草包的，像剛才對付那個嘉義回來的鱸鰻，我是很不客氣的。」

「你的行為沒有錯，人有時是不能過於軟弱的。所謂：人善被人欺，馬善遭人騎；只要有理，必須力爭，別讓那些喜歡軟土深掘的人，誤以為是軟腳蝦。」

「對，林維德，」陳國明興奮地說：「你現在所講的，就是我心裡所想的；但你能那麼自然地表達出來，而我卻不能。」

「陳國明，我足足大你好幾歲呢，而且我家開的是菜館，來來往往的人很多，長久的耳濡目染，的確知道的事比你多，並非我的頭腦比你好。」

「好了，我們回班上吧。」陳國明站了起來說：「這堂課是空坎璘的英文，下一堂是奢綏的數學，兩堂都很重要。」

「坦白說，空坎璘的英文教得不錯。奢綏的那口廣東腔調讓人不敢領教；聽又聽不懂，問了他要生氣。」林維德不滿地說。

「這有什麼辦法，只怪我們生長在這個戰亂的年代；戰爭已耽誤了我們兩年的學業，好不容易復校，又沒有好的師資。但我們也不必灰心，老師只是授課，一切端看個人的用功和努力。」陳國明安慰他說。

「說得也是。」林維德點點頭。

上課時導師宣佈：下星期一週會時，教務處要抽考英文，但不用筆試，而是以抽籤的方式，每班抽一名，被抽中的同學必須上台當場背誦。他要求班上同學把教過的課文趕緊複習、背熟，好為班上爭取最高榮譽。同學們聽後，沒人敢說不緊張。別說是背誦，光站在台上面對著數百位同學，也會因一時的緊張，把背誦得滾瓜爛熟的課文全給忘了。然而，該來的總歸要來，除非因病、因事而請假；雖然只有百分之二的中獎率，但幾乎人人自危，深恐幸運之神會降臨在他或她的身上。

在大禮堂開完週會，以往都是吱吱喳喳的喧譁場面，今天卻鴉雀無聲。同學們一個個神情凝重，面無表情。

「一年忠班李大維同學。」

老師抽出第一張籤，並報上班級和同學的姓名，全場響起一陣熱烈的掌聲，一年忠班沒被抽中的同學更是拍紅了雙手。然而李大維並不負眾望，依著老師指定的課目，熟練地背完全文。

平常愛搞笑的阿嬌竟然也被抽中，這一下可傻眼了。她的功課原本就不行，英文更是「墨賊」，只見她東張西望、神情慌張，是期待著其他同學為她打派司？還是懼怕上台接受考驗？滿臉的愁相，多麼像一條青澀的苦瓜，既難看，又難吃。然而，她能不上台背誦嗎？再大的挑戰也必須坦然來面對，不管下不下得了台，總得先上台再說。

或許老師已看出了一些端倪，雖然選了較簡單的第二課讓她來背誦，但她依然是舌頭打結，背背停停。台下的同學想笑而不敢笑，說不定下一位被嘰笑者就是他或她。

阿嬌終於紅著臉下了台，繼而來的是仁班、愛班……，而意想不到的是嘉義鱸鰻竟然也中獎了。他依然穿著流行的喇叭褲，一副蠻不在乎的模樣，強裝的笑顏，蓋不住他嘴上那列暴牙，背誦出來的課文不僅荒腔走板，時而中英交雜，台下的同學終於禁不住地笑出聲來。

陳國明也幸運地被抽中，老師指定的是第三課「寫給珍妮的一封信」，雖然英文是他的拿手，但面對台下幾百對雪亮的眼睛，緊張在所難免。因此他目視的不是台下的同學，而是前方那道白色的牆壁；並以老師教的萬國音標為基準，清晰地唸著：

親愛的珍妮：

明天是我的生日，媽媽說，在我生日的那天下午，要為我舉行一個生日派對，歡迎妳來參加……。

課文短短的，看似簡單，熟背則不易。而陳國明不但熟練地背誦著，也背出這封信的情感，當他鞠躬下台時，卻博得如雷的掌聲。然而掌聲雖然是榮譽的象徵，但卻讓他臉紅而不自在；下台時，他的目光不敢和任何一位同學交會，只傻傻地走回自己的座位。

最後一班清一色是女生，男生的目光都集中在她們班級的座位上，大家都想看看，那一位女同學能幸運地上台背誦，被抽中的竟然是李秀珊。只見老師一點到她的名子，她已先紅了眼眶；未上台，眼淚就跟著移動的腳步流了出來，真是不折不扣的「愛哭仙」。然而她並沒有讓班上的同學失望，手帕輕輕地一拭，烏黑的大眼一眨，把老師指定的課文，像機關槍掃射般，快速地背誦完畢；其動作之快、對課文之嫻熟，的確讓人感到訝異和不可思議。然而一下台，她又取出那條小小的手帕，邊哭邊拭淚，彷彿她的神智已被「愛哭神」纏住似的，上台哭下台也哭，真是「膾見笑」！或許自己的缺點自己不知道，習慣也就成了自然，但願她往後流的是喜悅的淚水，而不是悲傷的淚珠。

第六章

轉眼，時序的冬至已來到。

依習俗，家家戶戶祭拜祖先，吃「冬至圓仔」。因為它並非是國定假日，學校照例上課，住宿生體會不出節慶的意味，通學生放學後卻能感受到過節的氣氛。臨近放學時，王美雯來到陳國明班上的教室外，從窗口低聲地喚著：「陳國明，你出來一下。」

陳國明一怔，走了出來，「美雯姐，有事嗎？」

「放學後你在校門口等我。」王美雯說完轉身就走，絲毫沒有給他一個問明原委的機會。

陳國明莫名其妙地回到教室，始終想不透會有什麼事。放學後，晚餐的時間也跟著來到，一旦耽誤了可是要餓肚子的。因此，當放學的鈴聲響起時，他迫不及待地就往校門外衝，王美雯和蔡郁娟已站在圍牆旁等待著他。

「走慢點不行嗎？看你上氣接不著下氣似的。」王美雯笑著說。

「馬上就要開飯了，不用跑的不行。」陳國明喘著氣說：「美雯姐，有事嗎？」

「你問她？」她指著蔡郁娟說。

陳國明看看蔡郁娟，傻傻地笑笑，並沒有開口。

「晚上到我家吃飯？」蔡郁娟誠懇地邀請他說。

「到妳家吃飯？」陳國明訝異也不忘客氣地說：「這怎麼好意思。」

「今天是冬至，」王美雯代她說：「蔡郁娟要請你到她家吃冬至圓仔。」

「蔡郁娟，謝謝妳的好意。」陳國明面對她說：「妳知道，住宿生是不能隨便外出的。」

「向教官請假呀，真是沒頭腦！」王美雯指著他說。

陳國明傻傻地站住，不知如何是好。

「喂，王美雯，」蔡郁娟像發現什麼似的，急促地說：「教官就在禮堂門口，妳去幫他請假。」

「我王美雯是妳家的丫頭啊，由得妳來使喚？」

「拜託嘛，」蔡郁娟懇求她，也不忘消遣她說：「誰不知道教官比較疼妳呀」

「廢話！」王美雯唇角含笑地說：「要去大家一起去！」

「王美雯，妳的口才比較好，由妳來講。」

「是妳蔡郁娟請他？還是我王美雯請他？」

「拜託嘛。」

「妳大小姐只會差遣人家，為什麼不請我一起到妳家吃冬至圓仔？」

她們說著笑著已走近了教官。

「報告教官，」王美雯向他敬了舉手禮，「今天是冬至，蔡郁娟要請陳國明同學到她家吃飯，特別來向教官請假。」

「蔡郁娟，要不要請教官一起去啊？」他開玩笑地說。

「歡迎教官光臨。」蔡郁娟禮貌地說。

教官笑笑，「九點鐘以前要回學校，點不到名是要記過的。」教官對著陳國明說。

「謝謝教官。」他們幾乎異口同聲地說。

剛步出校門，王美雯埋怨蔡郁娟說：「請人家看電影也找我，請人家吃飯也找我，向教官請假也找我，我倒成了你們的傳聲筒啦！」

「王美雯，人要有良心，」蔡郁娟不慌不忙地說：「在示範中心讀書時，妳找我多少次？我不僅為妳傳聲也幫妳送信，難道妳都忘了？」

「那是很久以前的事了。」王美雯答得乾淨俐落。

「如果人家不到台灣讀書，不知誰才是誰家的ㄚ頭。」蔡郁娟冷冷地說。

「以前的事不說了，我得趕緊回家，晚了準會被我媽罵死。」突然她提高了聲音，

「陳國明，你可要好好吃、吃個飽，別辜負人家的一番心意呀！」

「謝謝妳，美雯姐，沒吃飽再到妳家去吃吧！」陳國明笑著說。

「想得美喲！」王美雯皺皺鼻子，眨眨眼笑著，「不過你放心，蔡郁娟會把你餵飽的！」說完拔腿想跑。

「要死啦！」蔡郁娟一轉身，揮手拍了她一下肩。

王美雯走後，他倆緩緩地直走，經過「紅大埕」和「南門街仔」，沿途竟連一句話也沒說。或許，兩人的心裡都有不知該說些什麼的窘境，以往一些歡樂氣氛，都是由王美雯和梁玉嬌所營造，此時兩人倒像是一對陌生人。

「蔡郁娟，妳有沒有先告訴妳爸媽，要帶我來妳家吃飯？」陳國明有些兒擔憂。

「你放心，我爸媽一旦看到你，會像看到那罐安脯糊一樣的喜歡。」蔡郁娟輕鬆地說。

「坦白說，愈接近妳家，愈有不好意思的感覺。」

「剛才不會，是不是？」

「說也奇怪，剛才竟迷迷糊糊地跟著妳走。」

「陳國明，不要想得那麼多。跟著我走，難道會害你嗎？」

「我是說冒冒昧昧到妳家吃飯，感到不好意思啦。」

「再說不好意思，以後就不理你了！」

「好，以後絕不說不好意思。」

「這樣才乖。」

陳國明笑笑，不再說什麼，但也不覺得蔡郁娟在佔他的便宜。

踏進她家的門檻，左右兩旁都堆滿著各式各樣的貨品，僅留下中間一條走道。坐在櫃檯的那位紳士，或許就是她的父親。上次擔任採買，只不過是站在他家的店門口，對於她父親的容貌，並沒有深刻的印象。

「阿爸，」蔡郁娟走到他身旁，為陳國明介紹著，「他就是我的同學陳國明。」

「阿伯，您好。」陳國明禮貌地向他一鞠躬。

「好。」阿伯站起身，輕輕拍著他的肩，「在農村成長的少年就是不一樣。」說後轉向蔡郁娟，「你們先進去吃飯。」

「謝謝阿伯。」陳國明目視著他，禮貌地說。

蔡郁娟帶他走進屋內，只見圓形的餐桌上已擺滿著好幾道佳餚。

「阿母。」蔡郁娟大聲地喊著。

「郁娟啊，我在廚房，妳的同學來了沒有？」回應她的是清脆而慈祥的聲音。

「來了。」蔡郁娟高聲地說著，竟然拉著陳國明的手，走向廚房。「阿母，他就是我的同學陳國明。」

「阿姆，您好。」陳國明依然禮貌地向她一鞠躬。

「肚子餓了吧，你和郁娟先吃。」她雙手端著湯，緩緩地步出廚房，關懷地說。

「阿母，叫阿爸一起來吃吧。」蔡郁娟接過她母親手中的湯說。

「我們剛吃過冬至圓仔，到現在還飽飽脹脹的。你們儘管吃，不要管我們。」她說完後，逕自向前走到店裡。

蔡郁娟為陳國明備了碗筷，或許是這個家庭中唯一的獨生女，第一次那麼主動地準備餐具。以往必是茶來伸手，飯來開口，一切仰賴著母親。而此時她竟然異於常態，是想給同學一個美好的印象，還是要證明自己已長大。

「陳國明，我們應該每人先吃一顆冬至圓仔，它表示我們又長大了一歲。」蔡郁娟說著，竟夾了一顆圓仔放進陳國明的口中，而後自己也吃了一顆。

「謝謝妳，吃過冬至圓仔，的確我們又長大了一歲。」

「時間還早，慢慢吃。」蔡郁娟為陳國明倒了一杯汽水，而後說：「你是要自己吃呢？還是要我幫你夾？」

「妳說呢？」陳國明看看她，笑笑。

「好，你的眼神已告訴我了。」蔡郁娟興奮地說：「我就是喜歡不拘不束、自由自在。菜那麼多，對胃口的就多吃點，不合口味的就少吃點。」

「在我們家，過年也吃不到這麼豐盛的菜餚。」陳國明坦誠地說：「桌上的每一道菜都有不同的口味和特色，我都喜歡吃。」

「你的話總像沾了蜂蜜般地那麼中聽。」蔡郁娟說著，夾了一支雞腿放進他的碗裡。

「我們剛才不是已經說好了嗎？」

「下不為例。」

陳國明深情地看著她，也看到她頰上兩朵美麗的彩霞。然而他並沒有大吃大喝、逾越分寸，仍然中規中矩地細嚼慢嚥，展現出優雅的家風和教養。但看在蔡郁娟眼裡，卻有不同的想法，唯一的是：深恐他客氣而沒吃飽。

「陳國明，男孩子吃飯不都是大口大口地狼吞虎嚥嗎？」蔡郁娟關心地說：「你這樣吃能吃飽？我不信！」

「妳見過吃飯打衝鋒沒有？」陳國明好笑地問。

「什麼打衝鋒？」她不解地問。

陳國明把菜端起，拿起筷子，做了一個要把整盤菜夾進自己碗裡的動作；盤子放下，又端起了一盤……。

「蔡郁娟，妳看清楚沒有？這就叫著打衝鋒。」

「那有那麼誇張的。」她雖然哈哈大笑，卻有些兒不相信。

「不信，妳可以問問在學校搭伙的住宿生，很多桌都是這樣的。動作慢、家教好又老實的同學，只好大米飯泡湯吃。」

「那你絕對是大米飯泡湯吃的料子。」

「整整吃了一個月的泡飯。後來重新編桌又遇到貴人。」

「遇到貴人？」她疑惑地問：「學校有貴人？」

陳國明點點頭。

「誰？」她急速地問。

「妳！」陳國明指著她，笑著說。

「我？」她指著自己，滿臉疑惑。

「擔任採買時，到妳家來買雜貨，妳不是送我一瓶麻油豆腐乳嗎？」陳國明記憶猶新地說：「那瓶豆腐乳，整整讓我吃了好幾天。」

「真可憐！」蔡郁娟愛憐地說：「早知道就多送你二瓶。」她沉思了一會，突然把一盤炒肉絲改放在他面前：「陳國明，你把這盤菜當目標，打打衝鋒給我看看。」

「剛才我不是做了示範嗎？」陳國明笑著說：「如果我有打衝鋒的本領，妳送我的那瓶麻油豆腐乳，也不可能在我心中留下那麼深刻的印象。」

「我們也不會一起去看電影，同在這裡吃飯。」她緊接著說：「對不對？」

「對！」陳國明說著，看了一下前門，「不過我們也得快點吃，好出去換班。」

他們終於不再出聲，不一會陳國明把筷子放下，喝完最後一口汽水說：「我吃飽了，妳慢吃。」

蔡郁娟舉頭看看他，放下筷子，站了起來。

「陳國明，你站好，讓我看看你吃飽沒？」蔡郁娟指著他頑皮地說。

陳國明真的立正站好。

蔡郁娟上下左右打量了他一番，滿意地說：「嗯，很好。只是唇上還有點油。」說後，竟然取出小手帕，輕輕地為他擦拭著。

陳國明雙眼緊緊地凝視著她，他看到一張美麗的臉，看到一對烏黑的大眼，看到二片薄薄的唇，看到雙頰二個深深的酒渦，終於他說：「蔡郁娟，妳真的很好看呢！」不管這句話得不得當，卻是他的真心話。

「哪有。」她羞澀地低下頭。

他們相偕來到店裡，一個是有錢人的查某囝，一個是做穡人的子弟，隱藏在他們心中的，或許只是一份清純的情誼。假以時日，或是長大後，是否能衍生出一份真誠的愛，且讓無情的歲月來考驗有情人吧！

「阿爸，」蔡郁娟看了一下腕錶，對著父親說：「快八點了，你和阿母去吃飯，我來收拾東西準備打烊。」

「我來幫忙。」陳國明適時地說。

「好！」老人家精神一振，興奮地說：「有你幫忙，我更放心。」

「一聽到有人幫忙，你就開心啦，」蔡郁娟的母親對著他說：「國明第一次到我們家，怎麼好意思麻煩他呢。」

「阿母，您放心啦！」蔡郁娟笑著說：「陳國明是我的好同學，就別跟他客氣啦。而且他家是種田的，力氣很大，搬這些東西是難不倒他的。」

「阿姆，郁娟說得沒有錯，她來指點、我來搬，不會有問題的。您和阿伯放心地去吃飯吧。」陳國明信心十足地說。

他的父親樂得哈哈大笑。

在蔡郁娟的指點下，陳國明小心翼翼地把擺在騎樓下的貨物，一件件、一箱箱搬進屋內、擺放整齊，而後依序上好門板。唯一較吃力的是兩扇門，但他右手緊握門框，把重心斜靠在手肘上，左手握住另一端避免讓它滑落，如此一來就能輕易地托起，對準楯孔關上門。這些粗活對他來說，的確是沒有什麼困難之處，只要時間允許，只要蔡郁娟和她的家人不嫌棄，他願意經常來幫忙。

「陳國明，你很厲害耶，竟然擺得比我爸還整齊。」蔡郁娟誇著他說。

「不，我只不過是使了一點粗力氣，如果沒有妳的指點，一定會擺放得亂七八糟。倘若真要論功行賞，功勞是妳的，我使的是苦勞。」

「功勞苦勞都是你的，有你這位同學，我感到很高興。」蔡郁娟說後，竟附在他的耳旁，細聲地說：「陳國明，你注意到沒有，我爸媽見到你很高興，對不對？」

陳國明笑笑，不知如何來回應她。

「以後還來不來？」蔡郁娟抬起頭，用一對水汪汪的眼睛看著他，而後低聲地問。

「來！」陳國明答得很乾脆。

臨走時，蔡郁娟取來一件藍色的套頭毛衣遞給他說：「我媽前幾天剛買的，V字領，男女都可以穿；我穿太大了，你穿剛好。外面那麼冷，快穿上吧。」

陳國明呆了，面對這件毛衣，面對這位同學，不知如何是好；只見他眼裡閃爍著一絲晶瑩的光芒。

「難道要我幫你穿？」蔡郁娟深情地催促著說。

「蔡郁娟，謝謝妳……。」陳國明終於說不下去，一滴熾熱的淚水情不自禁地滾落在臉龐……。

第七章

時間過得很快，第三次月考即將來臨，同學們莫不挑燈苦讀、全力以赴，爭取更好的成績。因而，這個週末，許多住宿生都留在學校溫習功課沒有回家；陳國明也不例外。

星期天一早，他第一個進入教室，在精神飽滿以及沒有其他同學干擾下，很快地就把國文複習了大半。但相繼地有同學進來了，一些吱吱喳喳的聲音在所難免，無形中也影響到他複習的進度。就在他情緒陷入低迷的時刻，坐在他隔壁的同學黃正文向他努努嘴說：「蔡郁娟找你。」

陳國明原以為他在開玩笑，並沒有抬頭，也不在意。

「真的啦！」他再次地提醒。

陳國明轉頭一看，站在窗外的果真是蔡郁娟。

「謝謝你，黃正文。」他輕輕地拍了一下他的肩膀，而後緩緩地走了出去。

「蔡郁娟，妳沒在家溫習功課？」陳國明走近她，關心地問。

「我媽剛煎的魚，知道你這個禮拜不回家，要我為你送一條來。」她說著，遞給他一個用報紙包裹的東西。

「謝謝妳，真歹勢啦。」陳國明由衷地說。

「教室那麼吵，你能讀下書？」蔡郁娟看看教室，裡面形形色色、吵吵鬧鬧，什麼景象都有。

「防空洞太暗，教室又太吵，」陳國明搖搖頭，微嘆了一口氣說：「有什麼辦法。」

「走！」蔡郁娟拉了他一下衣袖說：「到我家去讀。」

「妳家忙著做生意，怎麼好意思再去添麻煩。」

「該忙的早上已經忙過了，白天只有一些零星的客人；我們到二樓讀，不會有人吵的。」蔡郁娟解釋著說。

陳國明看看教室裡的情景，沒有即時回應。

「走啦！」她再次地拉拉他的衣袖，催促著說：「快去拿書！」

陳國明不再猶豫，心想：今天是禮拜天也不必向教官請假，如果繼續留在教室，聽同學的吱喳聲，受影響的必定是他自己。於是他回到座位，拿了書跟著蔡郁娟走。雖然陳國明對蔡家的環境並不陌生，但僅限於在樓下走動，今天也是他首次在蔡郁娟的引導下，步上二樓。

長方形的二樓，前後採光較佳的二端，用麗光板隔著二間臥房，中間是客廳。在裝潢上雖然不是很考究，但卻整理得井然有序，與樓下的雜亂，幾乎是截然不同的二個世界。

蔡郁娟的臥室僅擺著一張單人床、一個衣櫃、一張大書桌，簡單的擺設，讓整間臥室顯得很寬敞。她從父親的房裡搬來一張椅子，和陳國明共用一張書桌，並講好各人讀各人的，互不干擾，但遇有問題，可相互切磋。

蔡郁娟的母親時而會送來茶點，但似乎也在觀望著，這兩個少年家是真讀書？還是假借讀書之名，在一起談天說地，虛擲光陰？然而幾次上下，也就讓她放了心，終究孩子是不會讓她失望的。看他們聚精會神地翻閱著書本，討論的也是課業上的問題，並沒有逾越。尤其國明這個孩子，更是一個典型的農家子弟，從他身上可嗅出一股濃濃的鄉土味，它便是：忠厚樸實，刻苦耐勞；這也是在市鎮青年身上所不易找到的。自從有了國明這位好同學，郁娟的野性似乎改了不少，讀書認真了，功課也進步了，這何嘗不是她的福份。人終將會老去，郁娟的爸爸需要的就是這種忠厚樸實、能刻苦耐勞的少年，做為他的幫手。只要稍加指點，假以時日必能獨當一面繼承他的衣缽。然而這個夢想能實現嗎？雖然還是一個未知數，但他們永遠期待著。

午餐時，陳國明告訴蔡郁娟，讓她的父母先進餐，店內由他們兩人來照顧。起初二老都不肯，經過他們再三的堅持，始勉強答應。實際上他們已讀了一上午書，在腦力長久的激盪下，不得不讓緊繃的神經暫時放輕鬆。

蔡郁娟坐在櫃台裡，活像一個小老闆，雖然她每天必須早起幫忙，但都是聽命於父親，或是照單取貨和點貨。

「蔡郁娟，看妳那副坐相，很有老闆的架勢呢。」陳國明笑著說。

「你來坐坐看，」蔡郁娟站了起來，「你只有比我強，不會比我差。」

「妳看我有這個福份嗎？」

「當然有！」

「不，我較適合當伙計。」陳國明認真地說：「要搬、要扛、要挑，都難不倒我。妳的思維細密，反應敏捷，一旦獨當一面，必是一個成功的老闆。」

「陳國明，」她突然從櫃台裡走出來，順手抓了一小把鹽，笑著說：「你張開嘴，把你的嘴醃起來，以後說話就不會那麼甜了。」

「蔡郁娟，我說的是實話，不會騙妳的。」

「好，就算你沒騙我。」蔡郁娟又走回櫃台，「將來我做了老闆，你就做我的伙計。」她提高了聲音說：「願不願意？」

「願意！」陳國明快速地舉起手，做了一個發誓狀，鏗鏘有力地說。

「君無戲言？」蔡郁娟指著他說。

「言出如山！」陳國明鄭重地答。

他們相視地笑笑；從國文課學到的成語，此刻卻派上了用場，是否真能實踐「君無戲言」或「言出如山」這二句話，就讓時間來考驗這對初中生的諾言吧。

父母親已用完餐出來換班，他們愉悅地走進飯廳，陳國明端起碗、盛了飯，雙手放在蔡郁娟的面前，必恭必敬地說：「老闆，請吃飯！」

這個動作幾乎讓蔡郁娟笑彎了腰，陳國明也情不自禁地笑出聲來。

不一會，蔡郁娟有了動作，她把一小盤菜推到陳國明面前，板著臉，極端嚴肅地說：

「老闆命令你打衝鋒！」

「不，打衝鋒是不能用命令的。」

「為什麼？」

「老闆必須以身作則，帶頭示範。」

「陳國明，短短的幾個月，你真的變了；彷彿在一夕間長大了很多，一點也不像剛認識你時，那副羞怯的樣子。」

「坦白說，從書本中我們得到知識，從言談中我們獲得經驗，這或許就是我們成長的過程吧。」陳國明心有所感地說：「蔡郁娟，難道妳沒有感覺到我們已慢慢地在長大，思想也隨著它而成熟。」

「戰爭讓我們中輟了二年的學業，現在讀的雖然是初一的課程，但在某些方面卻有初三甚至高一的思想，說它是心智上的成熟，似乎也不為過。」蔡郁娟心有同感地說。

「我們生長在兩個截然不同的環境，一個在城鎮，一個在鄉村；家鄉有一句俗諺『街路囝仔卡贏鄉里老大』，相信妳已知道這句話的意涵。我的知識和思想卻是進入初中時才開竅的，而妳卻成熟了很多。」

「我同意你的看法。」蔡郁娟笑笑，「在小學時，我們幾位女生就很活躍，跳民族舞蹈啦、土風舞啦；參加合唱啦、勞軍啦；甲班女生愛乙班男生啦，乙班男生愛甲班女生啦，成天嘻嘻哈哈的；現在想起來，真有點三八。」

「不，那不叫三八，是一個快樂的童年。」陳國明感慨地說：「雖然我沒有一個多采多姿的童年，但卻學會了農耕的本事。」

「你會犁田？」

「當然。」

「放寒假到你家玩好不好？」蔡郁娟斜著頭問。

「歡迎來看我犁田。」陳國明說：「再挖幾個大蕃薯送給妳。」

「以後我到鄉下幫你種田好了。」

「君無戲言？」

「言出如山！」

他們邊吃邊聊，聊出一個快樂的假日，聊出一絲未來的希望，但也聊走了無情的時光，最後終究要回歸課本、回歸學業，回復到書桌上寧靜的時光。

他們已把各科做重點式的複習，連續讀了好幾個小時，的確是有點累了。冬陽也逐漸地沉沒在西方的海域裡，天空是灰濛濛的一片，陳國明是該回校晚餐？還是留在這裡享受家的溫馨？

「晚飯後，我爸媽想去看場電影。今天是單號，只演一場，明天『王寶釧』就要下片了，你留下來和我作伴好不好？我們也可以再溫習一下功課，反正晚點名之前回學校就可以了。」蔡郁娟用懇求的眼光看著他說。

陳國明毫不猶豫地點點頭，但此地畢竟不是他的家，他已在這裡盤桓了一整天，蔡郁娟的父母不知會有什麼想法？但願不會惹人厭才好。

父母親走後，兩人各佔櫃台的一方，陳國明看的是數學，蔡郁娟讀得是英文。不一會，蔡郁娟提議要打烊，陳國明義不容辭地把騎樓下的貨品一一搬到店裡，然而，就在他準備上門板的同時，一陣「咻」聲過後，緊接著是震耳的炮彈落地聲。今天是單號，共軍打的是「宣傳單」。

「陳國明，走，」蔡郁娟一把拉住他，急迫地說：「快到防空洞去！」

「門還沒關好呢。」陳國明猶豫了一下。

「不要管它，快跑！」蔡郁娟拉著他，快速地躲進建在樓梯底下的防空洞裡。

又是一陣「咻，轟隆」的聲音響起，從以往的經驗來判斷，落點似乎比上一發更近。

蔡郁娟一聲尖叫，緊緊抱住陳國明。

「別怕！」陳國明輕輕地拍拍她的肩。

蔡郁娟非但沒有鬆開，反而把他摟得更緊、更緊。

久久，他們聽到炮聲轉移了方向，蔡郁娟才慢慢地鬆開他。

「嚇死我了！」蔡郁娟心有餘悸地說。

「炮聲已經轉了方向，」陳國明低聲地說：「門還沒關好，趕快出去，萬一東西被偷了，就不好交代啦！」

「等一等嘛，外面會有危險的！」蔡郁娟說著、說著，竟然又把他抱住。

然而早熟的蔡郁娟，她摟住的是什麼？似乎是一個不經事的小弟弟，以及一顆尚未開竅的處男心；只感到他的心急促地在跳動，只感到防空洞裡的空氣很稀薄，而黑夜並未真正來臨。

陳國明牽著她的手走了出來，趕緊地把門板上好。

「嚇死我了！」蔡郁娟拍拍胸脯說，內心感受到的，不知是真驚？還是暗喜？只有情竇初開的她自己明白。

「距離這裡還很遠啦，看妳緊張的樣子。」陳國明淡淡地說。

「今晚如果只留我一個人在家，不被打死，也會被嚇死！」

「膽小鬼！」陳國明微動了一下唇角，感傷地說：「這種事我見多了。八二三那年，每當和父親在田裡耕作，幾乎被共軍的炮火追著跑，但在上蒼的保佑下，每次都能躲過浩劫。迄今唯一讓我感到膽顫心驚、記憶猶新的是那頭老牛港的慘死狀，牠被擊中時，肚破腸流，屍首分離；屍塊滿佈田野，牛頭飛到田埂上，兩隻銅鈴般的大眼向上翻。或許，老牛港是有靈性的，牠死也不瞑目。那晚，三歲喪父七歲喪母的父親哭了，流下此生不易輕彈的淚水。他說：死了一頭牛，就好比失去一個好幫手，教他怎能不傷心。」

蔡郁娟聚精會神地聆聽著，似乎也感染了這份悲傷的淒涼況味，久久說不出話來。

陳國明緊接著說：「還有一次，我挑著兩半桶水肥，經過一個小山坡，就在爬坡的同時，突然咻聲響起，轟隆，轟隆的炮聲緊跟著而來，炮彈就落在附近的蕃薯田裡，捲起一陣泥沙，濺得我滿頭滿臉，濃煙遮掩住我的視線，身體一時失去平衡，腳一滑，連同肩挑的水肥一起滾落山坡，全身上下沾滿著惡臭的水肥，雖然慶幸沒被炮彈擊中，但卻成了炮火下的臭人。」

「後來呢？」蔡郁娟急忙地問：「後來你怎麼回家的？」

「父親適時趕到，他拉著我，弓著身，沿著壕溝爬著走，到了一個低漥的集水塘，幫我脫掉又髒又臭的衣服，掬水為我清洗滿頭滿臉的穢物，而後脫下他身穿的外衣為我披上。父親這件外衣是兵仔丟棄的軍服，它的長度幾乎到我的膝蓋，因此我沒有穿褲子，也沒有褲子可穿，就這樣跟著父親走回家，但並沒讓人家看見什麼，也不會有人故意掀起我的衣服來看看。」

「那個時候要是我在場的話，一定把你的衣服掀起來看看。」她開玩笑地說。

「諒妳吃了熊心豹子膽，也沒有這個膽量！」陳國明加重著語氣。

「開玩笑的啦，你沒看到我的臉已經紅了。」她故意地摸摸自己的臉。

「坦白說，這幾年所歷經過的苦難，不是三言兩語可道盡的。」陳國明又接著說。

「以後再慢慢地說吧，我隨時洗耳恭聽。」蔡郁娟意有所指地：「甚至到年老，我也會百聽不厭。」

「蔡郁娟，那個時候妳不知嫁到什麼地方去了，還能百聽不厭嗎？」陳國明笑著。

「呆！」蔡郁娟白了他一眼。

陳國明笑笑，似乎沒有領會到這個「呆」字的涵意，抑或是在農村聽多了戇和呆而習於為常、感到無所謂？然而，時光已走遠，門外冷風颼颼、寒氣逼人，但陳國明走在回校的路上並沒有冷意，因為他剛從一個溫馨的家走出來，身上又穿著蔡郁娟送給他的毛衣，而那襲毛衣是否代表著萬縷情？陳國明或許不知道，但蔡郁娟心裡明白。

第八章

期末考過後，繼而來的是寒假。

陳國明提著蓋了一學期未曾洗過的棉被，準備帶回家讓母親幫他洗。剛走出校門，卻碰上了王美雯和梁玉嬌。

「陳國明，你下學期不讀了是不是？」王美雯吼著說：「為什麼把棉被也帶回去？」

「美雯姐，這床棉被蓋了一學期了，防空洞又潮濕，幾乎快發霉啦！不帶回去洗不行。」陳國明解釋著說。

「上次看你洗衣服，不是洗得有板有眼嗎，為什麼還要帶回家讓你媽幫你洗呢？」王美雯指著他，笑著說：「你這個不孝子！要累死你媽才高興是不是？」

「我雖然能自己洗，但是被面要縫啊。」陳國明面有難色地說：「要是美雯姐妳答應幫我縫被面，我就自己洗。」

「美喲，」王美雯皺皺鼻子，消遣他說：「小弟，你長得還真可愛呢！」

一旁的梁玉嬌沒有插嘴，卻哈哈地笑出聲來。

「梁玉嬌，妳評評理，是我可愛？還是美雯姐漂亮？」

「這還用說，光看美雯姐那雙長腿，那個人見人愛的小臉蛋，那管挺直的鼻梁，那個大嘴巴，就夠迷人的啦！」

梁玉嬌說完想跑，王美雯一把捉住她說：「三八阿嬌，妳想跑！」

「不、不，」梁玉嬌搖搖手，「是陳國明可愛，不是妳漂亮。」

「這還差不多。」王美雯鬆開手，對著陳國明說：「把棉被放下，叫蔡郁娟幫你洗，我來幫你縫。」而後低聲地唸著：「慈母手中線……」

「什麼？什麼？」陳國明尖聲而急躁地問：「美雯姐，妳說什麼？妳說什麼？」

「慈母手中線，遊子身上衣，臨行密密縫，意恐遲遲歸，誰言寸草心，報得三春暉。」王美雯快速地朗誦著，而後雙手插著腰說：「我背國文也不行嗎？」

「夭壽！」梁玉嬌輕聲地罵了她一句，「看人家孤家寡人一個好欺負。」

「梁玉嬌，妳不和我站在同一條戰線，還處處幫這個小可愛，妳會死！」王美雯咬牙切齒地說。

「路見不平，拔刀相助！」梁玉嬌無懼於她。

「好，好一個路見不平拔刀相助！」王美雯說著，取下陳國明手提的棉被，對她說：「這床棉被就交給妳來處理。」又轉向陳國明說：「你現在可以回家了。」

陳國明不敢走動，傻傻地站在一旁。

「快點走！」王美雯大聲吼著：「再不走要打人啦！」

陳國明真走了幾步，不放心又轉回頭看看，心想：萬一讓她們把棉被弄丟了怎麼辦？不自禁地又走回頭。

「還回來？」王美雯跺了一下腳，「再走一步試試看！」

「美雯姐，妳不要那麼歹死好不好！」陳國明停下腳步。

「陳國明，你放心，我會把棉被交給蔡郁娟！」梁玉嬌高聲地說著。

「敢！」王美雯提出警告。

陳國明對她們笑笑，逕自往車站走。只要交給蔡郁娟，他就安心了，他的心裡如此地想著。

在車站，陳國明碰到了林維德和李秀珊。

「陳國明，一起到我家玩好不好？」林維德誠懇地邀請他。

李秀珊也期待著他的答覆。

「不了，我家還有忙不完的農事，我得趕回去幫忙。」陳國明禮貌地說：「謝謝你啦！」

「沒差那幾個小時啦，」林維德看看李秀珊，「大家都是好同學嘛，到我們村莊轉一轉，認識一下路，以後來找我就不難了。」

「我家就住在林維德的鄰村，隔著一條馬路，轉個彎就到了，也順便到我家看看。」李秀珊說。

「一天只有四班車，萬一沒搭上就要走路回家。」陳國明有點憂慮。

「不會那麼糟啦，」林維德安慰他，「萬一搭不上客運汽車，就在路上攔軍車；只要多舉手，多敬禮，說不定比坐客運還快。」

「維德說的沒有錯，」李秀珊一轉身，「我幫你買票。」

「不，」陳國明阻擋著，「我自己買。」

「陳國明，就讓秀珊姐為你服務一次吧。」林維德故意用「姐」字來壓他。

李秀珊笑得很開心，很燦爛。步履輕盈地往售票處走去，在那裡排隊等買票。

陳國明對著林維德笑笑，不再堅持。但還是忍不住地問：「你們約好的？」

「巧遇。」林維德說。

「騙人！」陳國明不相信。

「你聽過跟屁蟲沒有？」

「你跟她？還是她跟你？」

「你說呢？」

「當然是她跟你。」

「小鬼，算你聰明。」

「記住，女人都是不可思議的。」林維德低聲地說。

「我不懂。」陳國明搖搖頭說。

「我會慢慢教你。」

「不，你教我讀書就好了，其他的就省點力氣吧！」

「什麼都要學，一個初中生還不懂得談戀愛，簡直笑死人。」

陳國明一時怔住，「談戀愛」這三個字對他來說還是一個新鮮的名詞。

「林維德，雖然我們都是初中生，但你是大初中生，我是小初中生，因為你大我三歲呢。」

「大初中生和小初中生都一樣，只要有人喜歡都可以談戀愛。」林維德解釋著說。

「那你和李秀珊就是在談戀愛囉？」

「當然！」

陳國明聽他答得如此地乾脆，一時笑出聲來。

「怎麼了？」李秀珊走過來，笑著問：「中獎啦，笑得那麼開心。」

「沒有啦，我們在談一件好笑的事。」陳國明靦腆地說。

「我在教他如何和蔡郁娟談戀愛。」林維德笑著說。

「林維德，你真雞婆！」李秀珊捣住嘴，笑彎了腰。

陳國明滿臉通紅，不知如何來應付這個場面。難道他和蔡郁娟在一起讀書，相互關懷，就叫談戀愛？林維德說：女人都是不可思議的。他林維德才真正不可思議呢！

車進站了，車上的旅客下了車，他們相繼地上了車。老舊的車體一路吱吱喳喳、搖搖晃晃；車輪輾過的黃土路，則是塵土飛揚，灰濛濛的一片。但畢竟這是一個小小的島嶼，不一會已到達了林維德的家門口。李秀珊和他家原本就熟悉，而此時的陳國明卻成了他家的客人。

林維德陪著他們在村裡轉了一圈。村莊雖不大，但幾乎都是一落四櫸頭的古厝。石塊堆疊的牆壁，屋頂上的燕尾馬背，充滿著古色古香的原始風貌。操場上停放著好幾部軍用卡車，一棟無人居住的民房成了保養廠，居民和駐軍打成了一片，有著水乳交融的革命情感。林維德的父親就在軍營的旁邊，開了一家「軍民菜館」，其消費對象多數是駐軍，聽林維德說：生意很好。

林維德又帶他來到一所看來簡陋的小學，陳國明似乎想到什麼，竟脫口而出：「林維德，這裡就是你和李秀珊青梅竹馬讀書的地方對不對？」

「小鬼，你有進步了，聯想力竟然那麼豐富。」林維德誇讚他說。

李秀珊不好意思地笑笑。

他們轉了一圈回來，想不到林維德的父親煎了一大盤鍋貼，煮了一大碗酸辣湯來招待他們。

「大家儘管吃，吃不夠再叫我爸煎。」林維德以主人的身分說。

「說來好笑，今天是我第二次吃鍋貼。」陳國明笑著說：「第一次是住在我家的副官請我，他用吉普車載我到山外，停在一家館子前面；那時山外只有一條街道，商業並不熱絡，下車時我看到灶下有一排橫寫的紅字，清晰地寫著：『鍋貼大王』。那時懵懵懂懂，從來沒聽過也沒吃過這種東西，那排字不知該從左邊唸，還是右邊讀，竟當著副官的面唸成『王大貼鍋』，讓副官笑個半死。」

陳國明說完，豈止是以前的副官笑個半死，竟連現在的林維德和李秀珊也笑得人仰馬翻。

「陳國明，你要笑死人是不是？」李秀珊拍了他一下肩膀，依然笑不停。

「就是要你們笑死，這盤鍋貼才能屬於我。」陳國明夾了一個鍋貼，在她面前炫了一下說。

「我們都不吃了，」林維德把盤子推到他的面前，「要是你吃不完，就帶回去給蔡郁娟吃。」

「神經病哦，」陳國明又把盤子推回原位，「你要我走回頭路是不是？」

「蔡郁娟看到你帶鍋貼來，一定會感動死。」李秀珊笑著說。

「坦白說，蔡郁娟對我很好。」陳國明真誠地說。

「怎麼個好法？」李秀珊追著問。

「一起讀書，相互鼓勵。」

「還慢慢培養感情，對不對？」李秀珊又說。

陳國明羞澀地笑笑，沒有回答她。

「李秀珊，妳放心，這一套我會慢慢教他的。」林維德緊接著說。

「但願你不要教歹囝仔大小才好。」李秀珊消遣他說：「顧好自己，就阿彌陀佛了。」

「對妳李秀珊，我絕對死忠！」林維德舉起手，正經地說：「但妳也不要太敏感。」

「何以見得？」李秀珊白了他一眼。

「你們現在是在吵架？還是在談戀愛？」陳國明幽默地問。

「一面吵架，一面談戀愛。」林維德也不忘幽默地說。

「那真是面面俱到哦！」陳國明竟然又說出一句那麼有深度的話。

「小鬼，駱駝老師沒白教你。一放寒假，老師所教的我們都還給老師了，而你卻能學以致用，難怪蔡郁娟會喜歡你。」

「李秀珊，林維德那麼沒學問，妳為什麼會喜歡他？」

「他沒有學問沒關係，我有學問就好了。」李秀珊答。

「為什麼？」陳國明不解地問。

「因為我喜歡他，他並不喜歡我。」李秀珊笑出了聲，「林維德，你說是不是？」

「不是。」林維德笑著說：「我和陳國明一樣有學問，所以得到女同學的關愛特別多。」

「大凡英雄所見略同。」陳國明說。

「夭壽哦，」李秀珊驚異地，「竟然又出口成章，連我都有點喜歡你，別說是蔡郁娟。」

「李秀珊，妳可不能亂點鴛鴦譜，不然的話，林維德下次就不請我來吃鍋貼了。」陳國明說。

林維德看看李秀珊，李秀珊也看看林維德，或許兩人都有如此的同感，這個小鬼雖然社會經驗不豐，但卻從書本上學到很多知識，這也是他們望塵莫及的。然而，社會經驗與年齡有絕對的關係，畢竟這個小鬼足足比他們小了二、三歲，以他現在的好學，假以時日，必能超越他們。蔡郁娟這個鬼靈精會喜歡他，不是沒有理由的。

他們一夥又到了李秀珊家。李家是一棟雙落厝，也是一個傳統的大家族，有阿公、阿嬤，阿伯、阿姆，阿叔、阿嬸，以及一大群堂兄弟、堂姐妹，其熱鬧的景象不言可喻。他們並沒有逗留太久，也沒有再回林維德的家，直接陪著陳國明來到候車站。不一會，竟然有一部中吉普車經過，李秀珊趕緊舉起手，林維德和陳國明也舉手敬禮，車終於停下，駕駛告訴他到沙美，陳國明簡直喜出望外，只要到了沙美，離家就不遠了。

陳國明上了車，並沒有忘記向林維德和李秀珊揮手說再見，想不到自己在短短的一學期裡，竟然能遇到這些好朋友；但也不幸遇到了嘉義鱸鰻。或許，現在擁有的是玩笑多於實際，只有用功讀書，求取更多的知識才是真的。當然，對那些相互照顧和鼓勵的同學們，他會永遠銘記在心頭。

第九章

寒假第一個返校日，陳國明領了成績單。各科的平均分數幾乎都在八十分以上，只有數學七十八分，雖然不太滿意，但畢竟已是班上的前幾名，只有坦然地接受這個事實。相對於一些「滿江紅」以及需要補考的同學，或許要強上他們好幾倍。然而他並沒有因此而自滿，也沒有向其他同學炫耀，和林維德幾位較好的同學打過招呼後，他就急著想要回家幫父親的忙。

走出教室時，他突然想到，不向蔡郁娟打聲招呼，實在也說不過去。而且他的棉被不知落在誰的手裡，不打聽一下也不行。他急速地想找到她們其中的一位，問問清楚。而此時的校園一片亂，想找的人不知躲到那裡去了，不想找的人卻一一地出現在他的面前，這實在是一個很奇怪的現象。

就在他東張西望的同時，他看見一個熟悉的背影，脫口喊著：「蔡郁娟。」

蔡郁娟快速地走來：「陳國明，你躲到那裡去了，讓我找半死？」

「我也正在找妳啊。」

他們相視地笑笑。

「成績單讓我看看，」蔡郁娟手一伸，「我要看看你和我在一起讀書，是進步還是退步？」

陳國明毫不考慮地把成績單遞給她。

蔡郁娟聚精會神地看著，並把她的成績單拿出來對照：「你科科都比我強，我的數學竟然只有六十八分。」蔡郁娟把成績單遞還給他。

「數學是我們較弱的一科，下學期必須要加強。」陳國明接過成績單，突然轉換話題問：「妳看到我的棉被沒有？」

「在我家。」蔡郁娟說：「我已經幫你洗好了，但有幾處斑點洗不乾淨；那是長期潮濕所衍生出來的黑斑，我媽也幫你縫好了被面。」

「麻煩妳和阿姆了。」陳國明感到有些不好意思。

「哪會。」蔡郁娟不在意地說。

「都是王美雯和梁玉嬌，她們總喜歡耍活寶和瞎起鬨！」

「其實她們說的也有理，帶一床大棉被，走那麼遠的路，的確是蠻累人的。」蔡郁娟愛憐地說：「下學期看看是否能住進一般宿舍，防空洞裡太潮濕，住久了對身體不好。」

「謝謝妳的關心，」陳國明淡淡地說：「其實住習慣了，倒也不想搬。尤其防空洞裡只住了我們八位，大寢室卻住了八十幾個人，一旦搬進去，鐵定會被他們吵昏了頭。」

「搬到我家住，我們可以一起讀書，一起做功課。」蔡郁娟突發奇想地說：「早上我們早點起床，幫我爸一些忙，我叫我爸給你零用錢，替你繳學費；吃過早餐後我們一起上學，你說這樣好不好？」

陳國明笑笑，想不到蔡郁娟竟有如此的思維和想法，然而可能嗎？「妳忘了我讀的是公費啊？」陳國明說：「公費生必須住校。」

「我倒沒有想過這些。」蔡郁娟有些兒失望。

不遠處傳來吱吱喳喳的聲音，如果他們沒猜錯，這夥人絕對是王美雯和梁玉嬌她們。

「蔡郁娟，我們到處找妳，妳卻和陳國明在這裡說悄悄話。」梁玉嬌指著她說。

「要死了，那麼大聲！」蔡郁娟瞪了她一眼，「三八！」

「陳國明，」王美雯手一伸，「把成績單拿來。」

「考得不好啦。」陳國明謙虛地說，並沒有立即把成績單借給她看。

「再不好也不會像三八阿嬌『滿江紅』吧！」王美雯說著，看了梁玉嬌一眼，手一伸，取下陳國明手中的成績單。

「其實我是故意考不及格的，」梁玉嬌故作神秘地停了一下，「其目的是要『與眾不同』。」

「如果整天三八兮兮的不用點功的話，準留級！」蔡郁娟警告她說。

「但願諸君能陪我『共同奮鬥』。」

梁玉嬌此語一出，讓所有的人笑得合不攏嘴。

「梁玉嬌，妳要三八到幾時？」王美雯眼看陳國明的成績單，嘴則罵著梁玉嬌。而後對著陳國明說：「從實招來，你是受到誰的鼓勵，才有今天這麼好的成績？」

「蔡郁娟！」陳國明不假思索地說。

蔡郁娟聽後，臉上隨即浮現出一朵燦爛的紅玫瑰，感動的淚水幾乎要奪眶而出。

「這還像人話。」王美雯高興地說。

「不過⋯⋯」陳國明還未說完。

「不過什麼？」王美雯搶著問。

「美雯姐，蔡郁娟是我心中的英雄對不對？」

王美雯一愣，其他人的眼光也集中在陳國明身上，到底這個小鬼心中想的是什麼？想說的又是什麼？

「當然對。」王美雯說。

「如果蔡郁娟是我心中的英雄，」陳國明停了一會，賣著關子，而後聲音宏亮地說：

「歹死的王美雯便是我心中的烈士！」

「小鬼！」王美雯一個箭步，出手想搥他。

陳國明一閃，閃到蔡郁娟身旁；蔡郁娟雙手一張，擋住王美雯。

「哎喲，還蠻有默契的嘛！」王美雯說著，突然怪起了梁玉嬌，「妳這個三八嬌，人家組成了聯合國，妳就不會來聲援！」

「誰叫妳『嗯情鬼』，喜歡當大姐！」梁玉嬌挖苦她說。

「你們都把出生年月日報出來，看看誰嗯情鬼。」王美雯激動地說：「不大你們年，也大你們月。尤其陳國明這個小鬼，老姐我足足大他三歲！」

「陳國明，你聽過：『某大姐坐金交椅』沒有？」梁玉嬌問。

陳國明搖搖頭，一臉的茫然。

「王美雯對你好不好？」梁玉嬌又問。

陳國明看看王美雯，又看看蔡郁娟，到底這個三八阿嬌想說的是什麼？但他依然沒有出聲回應，只點頭示意。

「好，就這樣決定了。」梁玉嬌神秘地。

「決定什麼？」陳國明不解地問。

「妳真是一個不折不扣的三八嬌，」蔡郁娟笑著說：「說話總喜歡吞吞吐吐、賣賣關子。」

「不要理她，我們走，」王美雯拉著蔡郁娟，又狠狠地看了梁玉嬌一眼「狗嘴裡吐不出好象牙！」

「妳們先別走，聽老娘把話說完，」梁玉嬌笑嘻嘻地，「我是說，我是說，我是說……。」梁玉嬌我是說、我是說，說了半天，但什麼也沒說，「不說了，」她收起臉上的笑容，「玩笑開大了，等一下有人會變臉。」

「有話快說，有屁快放，」王美雯不在乎地說：「我們不會那麼沒有風度。」

「我是說，我是說，將來陳國明一旦要娶親，應當娶像美雯姐這樣的某大姐，才能坐金交椅！」梁玉嬌說後想跑。

「妳這個三八嬌，竟然一語雙關，」王美雯一把揪住她的衣袖不放，「妳不但消遣我，也對蔡郁娟不敬。」

「王美雯，君子動口不動手，」梁玉嬌想用力掙開，「妳不是說妳很有風度嗎？」

「風度是假的，叫聲阿姨才是真的。」王美雯逼迫著她，「快叫！」

「美雯姐，妳就放她一馬吧。」陳國明企圖想替梁玉嬌解圍，但也不忘數落一下王美雯，「既然大家公認梁玉嬌三八，如果再和她一般見識，不也成了三八嗎？」

「蔡郁娟，妳聽到沒有？」王美雯跺著腳，「我今天為什麼會那麼倒楣，簡直是虎落平陽被犬欺嘛！」

「等一下到南門街仔，」蔡郁娟為她出主意，「請每人吃碗蚵仔麵線，花點錢消消災，保證以後可以嫁個小老公，好讓人家坐坐金交椅。」

「你們這些膾好的填海仔囝，只會欺負我這個老大姐，實在真夭壽哦！」王美雯雖然咬牙切齒地罵著，但並沒有真生氣。

他們把成績單折放在口袋裡，在校園裡戲耍了好一陣，不管成績的好壞，似乎只有歡樂沒有憂愁。尤其是梁玉嬌，如果下學期不用功點，鐵定要從初一重讀起。

王美雯和梁玉嬌相繼地走了。陳國明和蔡郁娟相偕地步出校門，他們極其自然、情如兄妹般地走在一起，同學們早已習以為常，只知道他們很好，兩人的功課也不錯，若要談論其他的事，似乎言之過早。或許，用功讀書才是他們努力的方向，將來是否會衍生出一份什麼式樣的情愫，又有誰敢預測。

「梁玉嬌竟然連博物也不及格，真不知她怎麼讀的。」蔡郁娟埋怨著說。

「看她成天嘻嘻哈哈的，或許及格不及格對她來說已是無所謂了。」陳國明淡淡地說。

「我們認她這個朋友，但不能眼看她如此下去。」蔡郁娟胸有成竹地說：「下學期起，一定要利用時間強迫她讀書。」

「有時候必須看個人的意願。俗話說：事在人為，如果她沒有意願，強迫她去讀、去唸，最後必是徒勞無功。」陳國明說。

「說得也是。」蔡郁娟無力地說。

「時侯不早啦，」陳國明看看手上那只老錶，「家裡很忙，我要回去了。」

「我們去吃蚵仔麵線，然後你再回去，好嗎？」蔡郁娟徵求他的同意。

陳國明伸手摸摸口袋，猶豫了一下，並沒有回應她。

「你摸什麼？」蔡郁娟明知故問。

「沒有。」陳國明有些不好意思。

「沒有最好。」蔡郁娟看看他，突然塞了一張十元的鈔票給他，「就由你來付錢吧！」

「蔡郁娟……。」陳國明還沒說完。

「什麼話都不必說。」蔡郁娟打斷他的話，「吃完蚵仔麵線，你好趕路。」

陳國明跟著蔡郁娟，經過土地公廟，來到南門街仔。

蔡郁娟不僅叫了蚵仔麵線，又點了一小碟油炸魚；然而陳國明的內心似乎有不一樣的感受，父親「吃人一口，還人一斗」的教誨，始終銘記在他的心頭，他欠蔡郁娟的實在太多了。

吃完後，蔡郁娟又急著去結帳，剛才她不是給陳國明十元要他去付帳嗎？此時的陳國明是滿臉的疑惑和茫然。

出來後，陳國明取出那張十元的鈔票遞還給蔡郁娟。

蔡郁娟收下後又遞給他，以一對水汪汪的大眼睛看著他說：「給你坐車。」

「我有車錢。」陳國明又想遞還她。

蔡郁娟搖手拒絕，而後深情地凝視著他，以大姐姐的口吻說：「聽話！」

陳國明不再堅持什麼，也沒有說一句感謝的話，像小弟弟般，那麼乖巧地走在她的身邊。

「田裡忙些什麼？」蔡郁娟關心地問。

「這幾天幾乎都在清理牛欄裡的糞土。」陳國明毫不掩飾地說：「田裡的蕃薯大部分都已挖完了，但田溝裡還有許多小蕃薯，不易挖淨，必須用犁來犁。也就是犁一行，撿一行，才能把小蕃薯撿乾淨。待田裡淨空後，再把糞土挑上山，撒在田裡，準備春耕。」

「你自己一個人犁？自己一個人撿？」蔡郁娟疑惑地問。

「大部分都是我爸犁，我來撿。」陳國明解釋著說：「人手不足時，只能這樣了。」

「找個時間，你來犁，我幫你撿好不好？」蔡郁娟仰起頭，看著他說。

「真的？」陳國明興奮地。

「君無戲言！」蔡郁娟伸出小指頭。

「言出如山！」陳國明緊緊把它勾住。

「我可沒到過你們村莊，你得先告訴我，路要怎麼走。」

「什麼時候來，先寫信告訴我，我會到沙美車站接妳。」陳國明說著，不忘提醒她，「車到沙美，還要走很長的一段路，妳自己要有心理上的準備。」

「陳國明，你看我像是一個弱不禁風的女孩子嗎？」蔡郁娟笑著，「或許你還沒見過，我每天早上還要幫客人抬雜貨和菜，走到停車場上車呢；來來回回總有十幾趟吧！」

「好，就這樣說定了，」陳國明拍了一下手，「我等著妳的信。」

蔡郁娟回報他的是一個甜甜的微笑。

而那甜甜的笑靨，經過時光的映照下，是否能化成一份純純的愛？抑或是隨著無情的光陰，逐漸地飄零和逝去……

第十章

在學校的點點滴滴，以及同學間的互動，陳國明都會利用星期假日一一向父母親稟告，對於蔡郁娟一家人熱情的款待和照顧，更是著墨甚深。

這一次蔡郁娟要來他們家玩，陳國明已事先向他們稟告過，兩老除了喜悅外，但也有一份淡淡的憂慮。畢竟來客是后浦有錢人家的查某囝，對陳國明更是照顧有加，這份恩情雖不急於此時報，但至少不能怠慢人家，這是做人的基本道理。

「阿母，您不要緊張啦。我這位同學雖然家裡生意做得很大、很有錢，但她人卻很隨和。」陳國明安慰著母親說：「她說她們全家最喜歡吃的就是安脯糊，阿母，您只要煮安脯糊招待她就可以啦！」

「戇囝仔，安脯糊在我們鄉下是粗五穀，怎麼能端上桌招待客人呢？」母親說。

「阿母，她們家三餐吃的都是大米飯，如果我們煮安脯糊請她吃，她一定會更高興。」陳國明說。

母親點點頭，慈祥地笑笑；或許孩子較瞭解她吧！

接到蔡郁娟的信，是在民俗尾牙的前夕。

那天，天氣陰沉又寒冷，陳國明一早就來到沙美車站等候。頭班車的客人並不多，陳國明在車窗外已發現了蔡郁娟。她穿著一件棗紅色的毛衣，頸上圍了一條天藍色的絲巾，配上剛修剪過的「赫本頭」，顯得活潑又俏麗。然而手提的紙箱，卻有些笨重，讓她不得不彎著腰下車。

陳國明見狀，趕緊走過去，接過她手中的紙箱，低聲而興奮地叫了一聲：「蔡郁娟。」

她含笑地看看他，看到一個純潔樸實的鄉村少年，她的心裡充滿著難於言喻的喜悅。

「昨天天氣還好好的，今天卻變得那麼冷。」陳國明看看她，關心地問：「冷嗎？」

「看到你就不冷了。」蔡郁娟頑皮地說。

「我真有那麼溫暖？」陳國明笑著問。

「我的感覺是這樣的。」

「不，可能是提了這箱東西。」陳國明看看手中的紙箱說：「妳帶了些什麼？滿滿的一整箱。」

「我爸替我裝的。他說這些都是鄉下阿伯阿姆經常買的東西，值不了幾文錢，相信你爸媽也會喜歡的。」蔡郁娟解釋著說。

「真歹勢啦！」陳國明不好意思地說。

「看你，又來了！」蔡郁娟白了他一眼。

「現在我們已步出了沙美，」陳國明指著左前方的一個小村落說：「這個村莊叫東埔，前面那個村莊叫東蕭，再過去是西吳，很快就到我們家了。」

「從小我活動的範圍僅限於金城，爸媽惟恐我這個獨生女走失似的，總是不放心讓我出門；甚至也不讓我到台灣唸初中，不然的話，現在已是初二了。」蔡郁娟雙眼凝視著遠方，繼續地說：「想不到這裡的景緻竟是那麼地美，如果現在是春天該多好，我們的腳步一定會像小鳥般地輕盈。」

「今天你爸媽為什麼會放心讓妳出來呢？」陳國明問。

「坦白說，我爸媽最討厭那些油腔滑調、不懂禮貌的年輕人。第一次看到你感到土土的，但我爸媽卻對你留下深刻的好印象；而且隨著你到我家的次數，美好的印象不停地再加深。」

「所以他們放心讓妳到我家來，對不？」

「似乎找不到比這個更好的理由。」

「蔡郁娟，妳仔細地看看我，」陳國明叫著她，手指著自己，笑著說：「我現在還土不土啊？」

「陳國明，你幾乎天天都在變，」蔡郁娟指著他說：「現在不但不土，甚至愈來愈有一股男孩子的帥氣。」

「哪有，」陳國明不好意思地說：「蔡郁娟，妳故意誇我是不是？」

「我只有真心，不會故意。」

「這才是我的好同學、好朋友。」

他們經過二支高大的石柱，又走過一座石板橋，茂盛的樹林裡有颼颼的風聲響起，偶而傳來幾許鳥兒的啼叫和清唱，不一會已到了陳國明的家。

陳國明的家依然是傳統的一落四櫸頭，如以外觀來說，建築的年代似乎不是很久遠，更可貴的是在炮戰期間，沒有遭受共軍炮火的摧殘和蹂躪。大廳和一間「尾間仔」由駐軍借用，另一間放著許許多多、各式各樣的農具，有鋤頭、三齒、狗爬仔、六齒仔、犁、十二齒，以及粗桶、畚箕、筊籃仔和扁擔……幾乎是應有盡有。

見到陳國明的父母時，蔡郁娟除了請安和問候外，並把帶來的紙箱打開。

「阿伯阿姆，這些是我阿爸的一點心意啦，」蔡郁娟說著，並一一的取出箱內的東西，想不到他阿爸為她準備的竟是：鹹帶魚、鰻魚干、溫魚脯、蝦米、金針，一些較實際的食品。「我阿爸說這些都是粗俗東西，請阿伯阿姆不要嫌棄。」

「恁阿爸實在真客氣，」陳國明的母親親切地拉起蔡郁娟的手說：「予汝帶那麼多東西來，實在真歹勢啦！」

「膾啦，」蔡郁娟舉頭看看她，看到的是慈祥的容顏和滿臉的皺紋，「我和國明是好同學，也是好朋友。」

「國明在后浦讀冊，受到恁全家的照顧真最，實在真感謝！」

「嘸啦，」蔡郁娟看看陳國明，而後又對著他母親說：「國明伊真乖，冊也讀真好，又擱捌禮數，阮阿爸阿母攏真疼伊。」

母親看看陳國明，喜悅的形色溢於言表。然而面對眼前這位有錢人家的查某囝，她並沒有一般有錢囝的驕氣，竟是那麼樸實和可親，國明有她這位好同學，何嘗不是他的福份。

母親得知她的來意後，趕緊下廚煮了兩碗麵線，好讓他倆吃後暖暖身體，以免上山受到風寒。在麵線裡，母親用少許的蝦皮做佐料，另外加了蛋，撒了點蔥花和蔥頭油，想不到蔡郁娟竟吃得津津有味。

「阿姆，您實在煮得真好食。」

吃過後蔡郁娟直誇母親的烹飪手藝，讓母親高興得合不攏嘴。

陳國明扛著犁，犁柄掛著牛軛車，蔡郁娟肩擔著畚箕和筊籃，無視山上寒風刺骨，他們來到戰壕溝旁的蕃薯田。

「蔡郁娟，妳冷不冷啊？」陳國明關心地問。

「剛吃過阿姆煮的麵線，現在全身還是暖暖的；放心啦，我不冷！」蔡郁娟說。

「好，既然不冷，就先把鞋襪脫下，」陳國明一面指揮她，一面做示範，「然後捲起褲管。」蔡郁娟一一照做。

把蕃薯藤捲起放在田埂上後，陳國明把犁放在蕃薯溝，從田埂上牽來牛，掛上牛軛車，然後對蔡郁娟說：「等一下妳提著笈籃跟在我後面，我犁過後，看到露出來的蕃薯妳就撿，還要用腳順勢踢一踢，看看是否還有蕃薯被埋在土裡，如果有，必須順便把它挖出來，知影嘸？」

「知啦，我知影啦！」蔡郁娟興奮地笑著。

「現在妳先到田埂上等，第一行與第二行犁的是田溝，都是一些蕃薯根，妳不必跟來。當我開始犁第三行時，妳就下田來撿。知影嘸？」

「知，我知影！」

「知著好，阿兄才會疼妳！」陳國明看看她，竟脫口說出這句讓蔡郁娟滿心歡欣的話。

蔡郁娟笑得很愜意、很興奮、很開心，或許，此時是她歷年來感到最快樂的時刻吧！

陳國明熟練地揮動著牛繩，一聲「嗨」後，牛兒拖著犁，不停地向前走。一來一去過後，蔡郁娟提著笈籃跟在陳國明的背後，想不到大小蕃薯竟然還那麼多，籃子裡的蕃薯已快讓她提不動了。

「把籃子裡的蕃薯倒在田埂上。」陳國明告訴她說。

幾次來回，的確已讓蔡郁娟氣喘如牛，陳國明不得不暫時停下。

「蔡郁娟，當老闆好？還是種田好？」

「陳國明，田園的樂趣是金錢買不到的，」蔡郁娟高聲地回應他，「我願意種田！」

「好，有勇氣、有氣魄。如果妳說的是真心話，老天會成全妳的！」陳國明激動地說。

陳國明只犁了六股，田埂上已堆放了一堆大小蕃薯，如果再繼續犁下去，待會兒絕對挑不回家。於是他宣布休息，兩人坐在田埂上的蕃薯堆旁。

「現在把蕃薯的根清除乾淨，」陳國明為她講解著，「大一點的放進畚箕，小一點的放在籃裡，妳喜歡的暫時擺一邊。」

「我喜歡小蕃薯，」蔡郁娟拿了一個在手中把玩著，「你看，它的皮光滑可愛，嬌小玲瓏，讓人想一口氣把它吃進肚子裡。」

「只要提得動，妳盡量挑。」陳國明誠意十足地，也同時為她補充著說：「坦白說，現在的小蕃薯既甜又鬆，吃來的確有不一樣的口感。有時侯母親會在雨天或較空閒時，挑些小蕃薯，放少許的水，蓋緊鍋蓋，用微火慢慢煮；簡單地說是用燜的，農家叫著『窩蕃薯仔』，另外再煮上一鍋高麗菜湯，就這樣吃窩蕃薯仔配高麗菜湯過一餐。」

「那一定很好吃？」

「當然，別有一番滋味在心頭。」

「怎麼講？」

「孩子們都吃怕了蕃薯和高麗菜。」陳國明幽默地說：「豬欄裡的豬也吃蕃薯和高麗菜，只是牠們吃的是次級品，另外加了米糠。」

「我倒覺得吃蕃薯的孩子比較聰明，」蔡郁娟笑笑，「不知你發現到沒有？我們學校成績較好的同學，大部分都是來自鄉下的農家子弟。」

「蔡郁娟，妳雖然是吃大米長大的，但妳的成績也不錯啊！」

「陳國明，比來比去，總是比不過吃蕃薯長大的你啊！」

他們愉悅地笑著，笑聲在這個寒冷的小山頭不停地回響。

「走，我帶妳到處走走看看。」陳國明說後站起，伸出手把她拉了起來。

蔡郁娟看看他，看到的是一張樸實而可愛的臉，因此她願意接受這份純純的情意。走了沒幾步，他們竟主動地牽著手，內心只有坦然沒有雜念，漫步在這個景緻怡人的山頭和田野。

「蔡郁娟，上了那個山頭，可以看到大陸的漁船和高山呢！」陳國明告訴她說。

「真的？」蔡郁娟訝異地，不自禁地看了他好一會。

「天氣晴朗時，還能看到他們的房子。」陳國明補充著說。

他們牽著手，步上小山崗。

「哇，下面就是海，我們站在這裡就可以聽到濤聲了。」蔡郁娟興奮地指著遠方說：「陳國明，我看見船了，還是一艘帆船呢！」

「豈止一艘，」陳國明鬆開她的手，左手轉而輕放在她的肩上，右手指著前方的海域說：「妳仔細看看，前面那一艘還是三支桅干的呢！」

「今天真的讓我大開眼界，」蔡郁娟說著，右手卻輕環在陳國明的腰際，而後閃爍著一對迷人的大眼看著他說：「你什麼時候還要帶我來？」

「蔡郁娟，只要妳願意，只要妳不嫌棄這個小農村，隨時歡迎妳來。」

「謝謝你陳國明，你的每一句話，都讓我感到窩心。」

「好了，我們也該回去了，」陳國明順手輕拍著她的肩說：「我媽煮了一大鍋安脯糊等著妳回家吃呢。」

「真的！」她驚喜地。

「我媽說那有煮安脯糊待客的，但我向她保證：煮安脯糊請妳吃，妳一定會更高興。」

「總算你瞭解我，」蔡郁娟得意地，又不忘來上一句，「真沒白疼你！」

「妳是何方的老娘呀，怎麼還來上一個疼字呢？」陳國明笑著說。

「誰規定疼字只有老娘才能用啊？」蔡郁娟辯解著說：「我始終不覺得它肉麻，反而感到很得體。」

「妳不覺得疼跟愛有異曲同工之趣嗎？」陳國明提出不一樣的看法，「它用在我們身上，是否得當？」

「為什麼不可以？」蔡郁娟白了他一眼，「真傻！」

陳國明沒有回應她，兩人默默地走著。

他們重新回到蕃薯田，陳國明提一提籃子和畚箕裡的蕃薯，加起來或許有四、五十斤重吧。他把扁擔穿過兩邊的繩索，用腕力測試一下重量，而後對著蔡郁娟說：「如果妳挑得動這擔蕃薯，將來絕對能成為一個標準的做穡人；如果不能，只能當老闆。」

「陳國明，力氣是可以鍛練的，」蔡郁娟走近他身邊，試了一下說：「現在雖不能，但我敢保證，將來一定能！」

「哪妳決定不當老闆了？」

「除非君無戲言，有人要當我的伙計。」

「蔡郁娟，就讓歲月來考驗吧！」

陳國明把犁和軛車放在田埂上，用蕃薯藤把它蓋住，在這個純樸的農村裡，絕對沒人敢來偷。他肩挑著蕃薯，蔡郁娟打著赤腳、手提著鞋，兩人興高采烈地走在回家的路上。儘管冷風颼颼，寒氣襲人，這對家境不搭調的少男少女，卻彼此擁有一顆熾熱、坦誠的心，以及開明而識大體的父母親；未來的路途對他們來說，或許是一條寬廣的幸福大道吧！

陳國明的母親真的煮了一鍋安脯糊，又洗了一把自醃的「菜脯」，盛了一碗醃過的「珠螺」，還有一小盆煮熟曬乾的「土豆」，以及把蔡郁娟帶來的「鹹白魚」煎過後再用少量的水和薑蔥等作料一起煮；煮過的鹹白魚，不但不會太鹹亦無腥味，而且肉香味甘，如此的午餐，讓蔡郁娟讚不絕口。

「阿姆，在家裡，每天看見那一箱箱鹹白魚，它散發出來的腥味，實在有點厭，」蔡郁娟對著她說，而後看了一下桌面，「今天吃到您煮的鹹白魚，不但香而且味也甘；把菜脯沾上一點魚湯，吃起來更有不一樣的口感。阿姆，您的煮食功夫很厲害呢！」

「嘸啦，」陳國明的母親客氣地說：「鄉下地方，能煮熟、吃飽就好，其他的從來不講究。」

「阿姆，我已吃了二碗，」蔡郁娟津津有味地吃著，「我還要再吃一碗。」

母親笑笑，慈祥的容顏下是一份無名的喜悅，想不到這個有錢人家的查某囝，竟是那麼地好「款待」。一碗粗俗的安脯糊，幾塊菜脯和一把土豆，竟讓她脾胃全開、食慾大振，吃得不亦樂乎。

吃過安脯糊，陳國明帶著蔡郁娟在村子裡到處走走逛逛。村莊雖不大，但處處充滿著古樸的農村氣息以及濃厚的人情味。他們看了番仔樓和宮廟，也到陳國明讀過的小學轉了一圈，又站在遠處偷偷地看著兵仔在出操。

「讀小學時，老師經常出的作文題目是我的志願，幾乎每一次，我都寫下：長大後要從軍報國，做一個堂堂正正的革命軍人。當有一天長大後，這個願望不知能不能實現？」

「你想當兵？」蔡郁娟訝異地，而後沉思了一下，「你不想當我的伙計啦？」

「妳還沒當老闆呢！」

「嗯，說來也是；我窮緊張什麼？」

「不是妳窮緊張，」陳國明笑著說：「是想當老闆想昏了頭！」

「那倒不是，」蔡郁娟也笑著，「我是要試試君無戲言這句話。」

「諾言總是要經過時間的考驗，不是一時就能顯現的。」

「陳國明，我們的諾言是否真能歷經歲月的考驗？」

「當然能！」

蔡郁娟看看遠遠的天邊，唇角含著一絲燦爛的微笑，又低頭看看腳踏的土地。是否對這個純樸的小農村有一份難於割捨的感情？還是想到未來是要在家當老闆？抑或是做一個與世無爭的做穡人？

回家時，陳國明的父親已為她準備了一堆小蕃薯、一罐安脯糊、一包土豆，以及一些安籤，分別用二個洗淨的麵粉袋裝著。

「這些都是不值錢的粗五穀，一點點心意啦。」陳國明的父親說。

「阿伯，您太客氣了，」蔡郁娟有些不安，「我剛才吃了三碗安脯糊，還有土豆、菜脯和珠螺，簡直比過年吃得還飽；現在又讓我帶那麼多東西回去，真是不好意思啦！」

「粗五穀，不要嫌棄就好。」

「不，那是您和阿姆辛勤耕耘收成的果實，它粒粒都有您們辛苦的汗水，在我心裡，它倍感珍貴！」

父親微動著唇角，露出一絲慈祥的笑意，古銅色的面龐上有深深的溝渠，是歲月留下的痕跡？還是貧窮家境的拖累？待孩兒長大後，勢必會給他一個完整的答案，但不知要等到何年何日。

陳國明用二條短短的繩索綁住袋口，打了一個能穿過扁擔的結，父親告訴他說：用挑的比用提的還要輕鬆。於是他挑著父親送給蔡郁娟的土產，陪著她走到沙美搭車。

冬日的午後似乎更冷，而且還飄著毛毛的細雨，沿途他們加快著步履前進，並不會感到天氣的寒冷，只是皮膚白皙的蔡郁娟，早已被寒風吹紅了鼻頭。

「蔡郁娟，不信妳試試看，回家準挨罵，」陳國明消遣她說：「看妳的鼻子被風吹得像紅面鴨。」

「你才像呆頭鵝呢！」蔡郁娟哈哈大笑。

陳國明也陪著笑笑。而後用手托著扁擔，由右肩換到左肩。

「這些東西看來輕輕的，路途遠了，卻感到有點重。」陳國明說。

「讓我來挑挑看，好嗎？」蔡郁娟看看他說。

「老闆，伙計挑就行了。」陳國明笑著說：「只要有老闆在身邊，再重的擔子，我也挑得動。」

「哎喲，蕃薯甜；挑蕃薯的人嘴更甜！」蔡郁娟興奮的笑著，「是哪一位師父教的呀？」

「從老闆的言談裡領悟到的。」

「真的？」

「難道妳不覺得，一個伙計能不能討老闆的歡心，最主要的是要懂得察言觀色。」

「陳國明，你長大了，你真的長大了耶！」

「過完年後的三二九，我們就是青年了。」

「說來可笑，如依正常的入學年齡，以及不受炮戰的影響，或許，我們現在已是高中生了。」蔡郁娟有些感慨，「十六、七歲才來讀初一，實在是老了一點。」

「我們班上十八、九歲的有好幾個。」陳國明說。

「王美雯和李秀珊的年紀也不小了。你沒看見，她們一副老大姐模樣。」

「這也難怪，如果在古時候，早已結婚生子、兒女成群了。」陳國明頓了一下又說：「就像我們班上的林維德，他知道的事不少，懂的事更多，讓我這個鄉巴佬自嘆弗如。」

「不，你最讓人欣賞的是農家子弟的那份純樸。」蔡郁娟正經地，「我爸媽也是這樣說的。」

「在老闆妳的欣賞下，但願往後不要成為一根老油條才好。」

「不會的，我永遠相信你。」

「謝謝妳，老闆。」

他們邊說邊笑，經過東蕭復又走過東埔，寒風細雨並沒有淋濕他們熾熱的青春火焰。陳國明放下肩上的擔子，開往后浦的老爺車，已停在車站門外的紅赤土埕，陳國明把二只袋子拎到車上。

「下車時妳提得動嗎？」陳國明問。

蔡郁娟點點頭，然而掛在唇角的笑容卻不見了。

「如果提不動就暫時放在車站，」陳國明憂慮地，卻突然想到，「梁玉嬌家不就住在車站旁邊嗎，可請她幫幫忙。」

「別為我操心，」她面無表情地說，而後又低聲地問：「我什麼時候可以再來？」

「天天都可以來，」陳國明說：「難道妳忘了要幫我種田？」

她笑笑。

「只想當老闆，只想人家做妳的伙計，卻忘了要幫人家種田。」陳國明數落著她說。

「哪敢忘喲，」蔡郁娟終於有了笑容，「君無戲言，時時刻刻都記在我心中！」她高興地說。

第十一章

正月初九拜完「天公祖」後，學校又開學了。

復校時的兼任校長姜漢卿少將歸建，政委會派賴淮先生接任校長。

校長的更換似乎對學生沒有太大的關聯，他們依然是聽鐘聲上下課，依然是在戰地這個最高學府受教。然而，經過一學期的歷練，同學們無論在學業、身心或生理上，都有明顯的成長和變化；除了增加一歲外，在心智方面也成熟許多，這是不容否認的事實。

陳國明的班導師也由「空坎勝」換成了「矮仔吳」，班上竟然有三位同學辦了休學，宿舍也由原來的防空洞，改分配到第一寢室。想不到他的左鄰，竟是嘉義鱸鰻，而且兩人共用一床公發的床單。

「陳國明，我們先講好，」剛搬進去時，嘉義鱸鰻指著他說：「你要是敢越過我的床界，我就對你不客氣！」

「你說的跟我想的一樣！」陳國明不甘示弱地說：「不信，大家就試試看！」

嘉義鱸鰻的那一套，陳國明早已領教過，因此並沒有把他的話放在心裡，倒想看看他能囂張到幾時。況且，這裡是學校，有老師、有教官、有訓導主任，誠然他真的是鱸鰻，諒他也不敢在校園裡為非作歹。

晚自習過後回到寢室時，同學們幾乎都是帶著面盆以及盥洗用具到貯水池或井邊打水洗刷一番。然而，嘉義鱸鰻卻例外，他把鞋襪一脫，放在床鋪底下，倒頭就睡；鞋襪因長久沒洗而散發出一股濃烈的腥臭味，其味猶如放久失鮮的臭鹹魚，同學們看在眼裡罵在心裡，但總是敢怒不敢言地掩鼻而過，而最倒楣的莫過於他的左鄰右舍，每晚都必須忍受這份讓人噁心的氣味到天明。

陳國明首先向室長反映，室長奈何不了他。於是向教官報告，經教官查證屬實，並提出警告，但嘉義鱸鰻依然我行我素，並遷怒於陳國明。

「陳國明，是不是你向教官告的密？」他揪住陳國明胸前的衣服，憤怒地說。

「我不是告密，」陳國明說著，用手猛力地把他的手撥開，「我是公開檢舉你沒有衛生！」

「你敢管我！」他推了陳國明一把。

陳國明沒回應他，卻一把把他推倒在床上。

同寢室的室友都圍了過來，眼看陳國明乾淨俐落的手腳，一個個都目瞪口呆。

「幹！」嘉義鱸鰻不甘心地罵了一句粗話。

陳國明上前一步，二話不說，一個清脆的耳光甩了過去，並疾聲地警告他說：「有種你去報告教官！」

室友沒人敢出聲，或許他們的內心都會有一股無名的暗喜，嘉義鱸鰻的確是太囂張，今天終於踢到鐵板了。然而，陳國明卻對剛才的舉動和粗暴的行為感到不安，雖然他的理由充足，但打人總是一種野蠻的行為，學校也不容許學生滋事打架，萬一有人向教官報告，免不了要被處分。如果被記過張貼在佈告欄裡，或是升旗時被叫到司令台上罰站，屆時不知該如何才好？這是他一時衝動而沒有考慮到的地方。

一天、二天、三天過去了，嘉義鱸鰻見到陳國明總是怒目相向，但並沒有向教官報告，也沒人向教官檢舉，讓陳國明放心不少。

有一天深夜，嘉義鱸鰻用手壓住腹部，弓著身軀輾轉難受，並不停地呻吟著。陳國明被他吵醒後，本想不理他，但繼而地一想，兩人本無深仇大恨，又來自同一個鄉鎮，看他那副痛苦的模樣，著實令人心生同情。

「你怎麼了？」陳國明關心地問。

「我的肚子痛死了。」他痛苦地說著，然後是一陣一陣「哎喲、哎喲」的呻吟聲。

「我去報告教官？」陳國明從床鋪上坐起，急忙地說。

「不，我想先上廁所。」

「那麼我扶你去。」

陳國明把他扶起，又從床鋪底下為他取出拖鞋，當他俯下身時，聞到的依然是一股噁心的臭鹹魚味。

「穿好拖鞋，慢慢走。」陳國明扶起他時，低聲地說。

然而剛走出寢室，經過一堆廢棄的杉木時，嘉義鱸鰻卻突然地停下，急促地想解開腰帶，但在腰帶還來不及解開時，整個人已蹲了下去，只聽到一陣噗、噗、噗的響聲以及一股難聞的惡臭味——他竟然在那堆杉木旁拉起屎來，而且褲子也來不及脫。陳國明見狀，不知如何是好。當他拉完後卻自己站了起來，剛才痛苦的表情也一掃而光，但惡臭的屎水已從他的褲管流出來，滴落在他的拖鞋上，那股嗆鼻的臭屎味，讓陳國明噁了好幾聲。

面對如此的情景，嘉義鱸鰻自己也感到不好意思。

「你在這裡等一等，」陳國明告訴他說：「我到寢室拿你的臉盆和毛巾，先去洗洗再說。」

嘉義鱸鰻以一對感激的眼神望著他。

經過這次的「落屎」事件，嘉義鱸鰻對待陳國明的言行和舉止，不敢有所逾越和無禮。無論是功課、力氣和為人，自認為都不是他的對手，無形中對陳國明也多了一份敬畏。但嘉義鱸鰻卻不知收斂，經常惹是生非；和同學爭風吃醋，功課則是滿江紅，被教官視為頭痛人物。然而，他竟然還想追求同學們公認全校最美麗的林春花。

林春花有一張娃娃臉，皮膚白裡透紅，猶若一顆熟透了的蘋果，對人親切有禮，功課好、家境好，衣著更有些特別；短袖的白襯衫袖子總比別人長點，黑色的長裙多了許多褶子，那是時下最流行的百褶裙。無論衣著和氣質的確與眾不同，據說還是縣長的乾女兒；以嘉義鱸鰻那副德性能獲得她的青睞嗎？當然，若以一般青年男女來說，感情的事的確是很難講，但這些不大不小的蘿蔔頭，如要談論真感情，實在還早得很呢！或許嘉義鱸鰻的想法太天真了，動作太幼稚了。

嘉義鱸鰻並非以幽雅的言辭或文明高超的手腕來感動林春花；只要一見面，遠一點時，就吹幾聲口哨來引起她的注意；近一點時，不是要請人家看電影，就是說些輕浮的話。林春花被纏得哇哇叫，但始終不好意思向老師或教官反映。當她向班上的同學訴苦時，何秋蓮告訴她說：

「全校那麼多同學，只有陳國明能讓他心服。他們同住一間寢室，又睡在隔壁，可以請他幫忙開導開導他。」

「我和陳國明又不熟。」林春花說。

「找蔡郁娟，」何秋蓮急忙地說：「他們很好。」

「很好？」林春花重複她的話，俏皮地問：「怎麼個好法？」

「快『做大人』了。」何秋蓮竟開起了玩笑。

「妳膽敢亂講，」林春花指著她說：「讓蔡郁娟聽到不搥死妳才怪！」巧而，蔡郁娟和王美雯正好走過，她們的玩笑話，竟讓蔡郁娟聽到了一點尾聲。

「林春花，何秋蓮，妳們罵我是不是？」蔡郁娟走近她們身邊，笑著問。

「沒有啦！」她們幾乎同時搖著手說。

「還說沒有？」蔡郁娟跺了一下腳，想嚇她們。

「我們在談嘉義鱸鰻啦。」林春花說。

「怎麼，他又要請妳看電影啦？」蔡郁娟笑著說：「什麼時候，我和王美雯做陪客？」

林春花笑笑。

「她想請妳幫忙。」何秋蓮說。

「幫忙？」蔡郁娟不解地問，「幫什麼忙呀？」

「希望陳國明能找機會勸勸嘉義鱸鰻，大家還在求學中，不要製造一些不必要的困擾。」何秋蓮解釋著說。

「這與我蔡郁娟什麼關係？」

「當然有關係啦，」王美雯插著嘴說：「林春花她會找錯人嗎？就是看到你們有一層深深厚厚的關係。」

「王美雯，妳要死啦！」蔡郁娟握緊拳頭，卻沒有搥到她。

「蔡郁娟，如果陳國明的勸說有效的話，我請你們吃鍋貼。」林春花說。

「真的？」王美雯搶著說：「看在鍋貼的份上，蔡郁娟如果不答應幫忙的話，就包在我身上。」

「王美雯，那妳和陳國明也有一層深深厚厚的關係囉？」何秋蓮笑著說。

「當然，」王美雯不慌不忙地說：「我們那層深深厚厚的是姐弟關係。」王美雯說後，大夥兒都笑成一團。

嘉義鱸鰻叫楊平江，是一個養子。從小在養父母的寵愛和教養下，不但乖巧，書也讀得不錯，小學畢業後考上初中，並隨金門中學疏遷寄讀在嘉義中學。但在嘉中時，他非但沒有好好讀書，而且還結交了一些小混混，專門欺負善良的學生，寄讀在嘉中的金門同學，多數人也不能倖免。回金門後，原本該讀的是初二，卻回鍋讀初一，如果依目前的情況來說，下一學年又要重新讀起。除非他能徹底反省，加倍努力迎頭趕上，始能彌補上學期不及格的科目。

陳國明受她們之託，倒也願意一試，然而嘉義鱸鰻這枝朽木是否可雕？陳國明卻沒有十分的把握。實際上，彼此只不過是同學，誰又能管誰，誰又能影響誰、干涉誰？但似乎並非全然不能，人的本性是善的，只要能發揮同學之愛，善加引導，讓他步上正軌，何嘗不是美事一樁。

那天蔡郁娟送給陳國明二條香蕉，他帶回寢室給了嘉義鱸鰻一條。

「幹，好久沒有吃過香蕉了。」他高興地，但也順口說了髒話。

「要注意，以後說話千萬不能帶髒字。」陳國明開導他說。

「習慣了，」他剖開香蕉皮，吃了一口，「你哪來的香蕉？」

「人家送的。」

「蔡郁娟，是不是？」

陳國明點點頭。

「長得不錯，很純情；本來我也想追她的，但聽說她和你很好，我就放棄了。」他大言不慚地說：「我現在追林春花，你覺得怎樣？」

「依我看，你現在應當好好讀書，書讀好了什麼都有。」

「我倒不覺得，看到漂亮的女生就必須追到手，一旦錯過機會，什麼也沒有。」

「愛情這種東西是很奇妙的，必須兩情相願，而不是單一的追求。」陳國明笑著說：

「你想追林春花，但她是否喜歡你呢？」

「每次我口哨一吹，她就對我笑。如果不喜歡我，她為什麼會對我笑？」他興奮地說。

「笑，有時是一種禮貌，並不表示就是喜歡和愛。你不覺得對著女生吹口哨有一點輕浮嗎？」陳國明眼見良機不可失，繼續地說：「別忘了，我們同在這塊土地上長大，有我們自己的文化，千萬不要把外地那些不良的陋習帶回自己的家鄉。」

嘉義鱸鰻沒有說話，也沒有笑容。

「坦白說，今天父母含辛茹苦把我們養大，又供給我們讀書，如果整天在校園裡嘻嘻哈哈，不用功讀書、不力求上進，別人初一讀一年，我們則讀二年、三年，不僅浪費時間也浪費金錢，更愧對父母。」

嘉義鱸鰻依然沒有說話，依然沒有笑容，只聚精會神地聆聽著。

「你在台灣已讀過初一，今天重複讀它，按理說應該是駕輕就熟，成績名列前茅；但卻不然，因為你沒有用心，也不專心，竟連博物也不及格；如果不在這個學期加點油，下學年勢必要留級，屆時老師不僅會失望，父母也會痛心。」

「你說的每句話都有理，但我實在沒有讀書的細胞和天才。」嘉義鱸鰻有些無奈地說：「每次拿起書，我就想睡。」

「看到林春花你會不會想睡？」

「當然不會。」

「為什麼不會？」

「因為我想追她啊！」

「你有沒有想過：以林春花的才貌，他會接受一個功課不好，又有些輕浮的男同學的追求嗎？」

「那麼你說說看，我該怎麼辦？」

「首先改掉那些輕浮的舉動和不良的陋習；用功讀書，以成績、以操守來獲取人家的肯定和認同，最後始能獲得人家的青睞。」

「你是說，這樣才能追到林春花？」

「不管追誰都一樣，自己必須先具備優勢的條件；但也必須記住，現在大家都在求學中，如果不先把書讀好，一味地以卑劣的手段來干擾別人讀書，如此之徒，非但不會得到人家的尊敬，反而會引起人家的反感。」

「陳國明，」他突然握住他的手，「總而言之就是用功讀書嘛！」

「不錯，就是用功讀書！」陳國明鏗鏘有力地說：「但願我們能相互鼓勵！」

嘉義鱸鰻緊緊地握住他的手，彷彿握住一個新希望。然而，是否僅憑陳國明的一番話，就能把他感化？就能把他雕塑成材？那倒也不盡然；一切端看自己是否有悔過之心，是否有心向上，旁人只能站在同學和朋友的立場，加以鼓勵和祝福吧！

自從接受陳國明的開導後，嘉義鱸鰻的確有重大的改變。晚餐後，他經常帶著書，主動找陳國明一起到教室自習。在短短的二個小時裡，他吸收的程度和理解力，讓陳國明也覺得不可思議。尤其在行為舉止和言談方面，也做了一百八十度的大轉變——以前出言損人的惡形惡狀，已不復存在，當初自命老大，此時卻謙虛有禮，那條滑溜溜的鱸鰻竟然變成了泥鰍。第一次月考成績公佈後，更是令人刮目相看；倘若能維持目前的水準，學年的總平均分數絕對能及格。因此，他已讀出了信心，對未來也懷抱著無窮的希望，和陳國明更成了好朋友。人生確實有許許多多的事讓人意想不到，鱸鰻變泥鰍就是一個活生生的例子。從此爾後，嘉義鱸鰻這四個字已慢慢地從他們心中消失，大夥兒開始叫他楊平江。

第十二章

青年節那天一早，大地覆蓋著一層濃濃的霧氛，整個山巒和田野，都是白茫茫的一片。這是春天，這是一個春光明媚、鳥語花香的季節，金門中學選在這一天，做為全校師生郊遊的日子。

八點正準時在運動場上集合，同學們揹著書包，個兒高的撐著班旗，由特師科的大哥們先行出發，依次為二年忠班、孝班、仁班，接著是一年忠班、孝班、仁班、愛班……。五百多位師生的壯觀隊伍，除了駐軍部隊的行軍外，在這個小島上是很少見到的。

隊伍經過榜林村的「無名英雄像」，而後走在木麻黃扶疏的中央公路上，他們在教官和老師的引導下，以嘹喨、高亢的歌聲唱著：

青年英雋
勵志金中
德智體群

我學所宗
肩起時代使命
不畏艱難任重
聽匪炮亂轟
打開了我們的心胸
看祖國河山
遍地血腥哀鴻
我們要發揚金門精神
向民族敵人進攻
這才是青年的抱負
這才配稱革命的英雄
我愛金中
我愛金中
我要做時代的主人翁

唱完校歌，班長高聲地喊著：一　二。一　二。一　二　三　四！一　二　三　四！接著他們唱起：

我有一枝槍
扛在肩膀上
子彈上了膛
刺刀閃寒光
我有一枝槍
扛在肩膀上
子彈上了膛
刺刀閃寒光
慷慨激昂
奔赴戰場
衝鋒陷陣
誰敢擋
誓把共軍消滅盡
高唱凱歌還故鄉

我有一枝槍
扛在肩膀上
國家把它交給我
重責大任不敢忘

答完數，嘹亮的歌聲又響起：

英雄好漢在一班
英雄好漢在一班
說打就打
說幹就幹
管他流血和流汗
管他流血和流汗
命令絕對服從
任務不怕困難
冒險是革命的傳統

刻苦是家常便飯
英雄好漢在一班
英雄好漢在一班

班長又高聲地喊著：一 二。一 二。一 二 三 四！一 二 三 四！緊接著是：

反攻的時候到了
動員的號角響了
響應領袖的號召
服從領袖的領導
莫忘記
四萬萬同胞
在鐵幕裡煎熬
五千年文化
在怒火中燃燒
軍民大團結

全國總動員
工廠的馬達怒號
農產年年增高
寶島在動員中活躍
青年們湧起從軍潮
婦女們也向前方跑
血的歡笑
力的歡笑
血的歡笑
力的歡笑
戰士們
向前衝
響應領袖的號召
服從領袖的領導
驅除俄寇
消滅強暴

把中華河山再造
把中華河山再造

班長以激昂的聲音，帶領同學高喊著：主義！領袖！國家！責任！榮譽！讓同學的熱血達到了沸點！

春陽已從雲端裡露出了小臉，山頭的霧氣也逐漸地消失，隊伍已經過了小徑，正往前方的小山坡行走。他們將經過無愧亭以及國父銅像，從太武公墓的左側，直登島上的最高峰，在「毋忘在莒」的勒石前宣誓和呼口號，然後解散隊伍、自由活動。

在平時，太武山屬於軍事重地，被列為禁區。因此同學們莫不抓住這個好機會，盡情地在山上遊玩，海印寺更是他們必遊之地。只見他們成群結隊，或三五同好，陸陸續續在這個莊嚴典雅的廟宇裡，停停轉轉、轉轉停停，甚至還有女生立在觀音菩薩的神像前，雙手合十，口中唸唸有詞，不知祈求著什麼？

陳國明和林維德剛步下海印寺的石階，在蘸月池旁遇見了王美雯、何秋蓮、李秀珊、梁玉嬌，林春花和蔡郁娟她們一夥。

「李秀珊，快過來！」陳國明指著她笑著說：「林維德在這裡等妳很久了，你們兩位還不快點進去叩叩頭！」

「列位朋友，林維德和李秀珊是青梅竹馬，該拜的早就拜了，」王美雯面對陳國明，眼神卻瞄向蔡郁娟，「真正該進去叩頭的，不知是哪兩位？請出列！」

蔡郁娟假裝沒聽見，故意地閃到林春花身旁。

「還閃！」王美雯中氣十足地說：「是妳自願放棄的哦，如果有人想替代的話，我可管不著。」

「請便！」蔡郁娟說。

「阿嬌妳去。」王美雯拉了一下梁玉嬌的衣服，用命令的口吻說。

「王美雯，妳真的把我當成三八阿嬌啊，」梁玉嬌邊說邊閃，「其實妳和陳國明進去叩頭也蠻適合的，以後就是某大姐了嘛！」

「三八嬌！」王美雯追了過去，「看我不把妳丟進蘸月池裡，才怪！」

「阿彌陀佛，」梁玉嬌雙手合十，放在胸前，口中不停地唸著：「阿彌陀佛，善哉、善哉。」而後提出了警告，「王美雯，這裡是佛祖聖地，妳想把我丟進蘸月池裡，分明是想淹死我，這種玩笑可開不得。阿彌陀佛，善哉、善哉。」

「好，」王美雯拉著她的衣服，「那麼我想請教請教妳，誰進去叩頭才合適呢？」

「當然是陳國明。」

「還有一位是誰呢？」

「放心，輪不到妳王美雯的。」梁玉嬌指著她說。

「看妳們爭了老半天，還爭不出一個所以然，」林春花笑著說：「再爭下去，如來佛祖也會笑妳們三八！」

「哎喲，我的小美人，」梁玉嬌擺了一個柔美的姿勢，用手輕輕地托起林春花的下巴，「妳分明是一語雙關嘛，難道妳不知道阿嬌和阿花師出同門呀？」

「看妳們要三八到幾時？」蔡郁娟走近梁玉嬌的身邊，「大家一起進去瞻仰一下如來佛祖，觀音菩薩和十八羅漢的塑像後，好下山。」

「要不要叩頭呢？」何秋蓮問。

「叩妳的大頭，」王美雯比了一個敲人的手勢，「半天也不出聲幫幫我，現在叩頭有什麼用！」

「王美雯，如果妳那副歹死的德性不改，將來有人敢娶妳才怪！」何秋蓮挖苦她說。

「何秋蓮，妳不必替古人擔憂，」王美雯搖搖手說：「別以為只有妳們這些可愛的小美人才有人追，不信妳們去打聽看看：忠孝仁愛信義和平都有人想追我，甚至還有特師科的大哥哥也對我有意思，只是老娘我沒興趣！」

「夭壽哦，」李秀珊先罵了一句，而後笑著說：「我從來沒見過這款獪見笑的查某囝仔。」

笑聲不停地在蘸月池旁響起，今天是屬於她們自己的節日，心中那股熾熱的氣息，是否也要選擇在這個春天的季節裡奔放？看她們一個個無憂無慮，快樂的神情猶如是樹梢上的小鳥；奔放的熱情，恰如那片嬌豔的春陽。

他們又重回來時路，同學們已不再受任何的約束，可以自由活動和下山。一夥人順著玉章路，邊說、邊聊、邊笑地走著，陳國明和蔡郁娟不自覺地又走在一起，但落後他們很多。

「走那麼遠的路，妳累不累啊？」陳國明關心地問。

「還好，」蔡郁娟笑著說：「不先鍛練鍛練，將來怎麼種田？」

「說來也是，路遙知馬力。」陳國明說後看看她，「坦白講，當老闆較簡單，真正種起田來，會累個半死。」

「你真傻，」蔡郁娟白了他一眼，「難道就沒有變通的辦法嗎？」

「做穡人還有什麼辦法可變通？」陳國明反問她。

「我們可以一分二啊，」蔡郁娟認真地說：「上午當老闆、做伙計，下午一起去種田！」

「妳哪來的歪理論，說出去準讓人家笑掉大牙！」陳國明坦誠地說：「以妳的家境與成績，將來不愁沒有大學讀；未來的前途，絕對是一片光明。」

「那你呢？」蔡郁娟反問他，「難道是一片黑暗？」

「我的家庭狀況妳清楚，」陳國明憂慮地說：「一個農家想要用那幾畝旱田來改善生活是很困難的，整天在田裡辛勤耕耘，只能求溫飽，其他的都是奢求。我有些擔心，萬一救總的公費取消了，我勢必也要跟著輟學。」

「你不覺得想多了也是一種苦惱，」蔡郁娟幽幽地，「俗語不是說，船到橋頭自然直嗎？」

「但願真能如此。」陳國明有些感慨，「有時想想，造物者的確也太不公平了，富人更富，窮人則永難翻身。」

「人生的價值似乎也不能用金錢來衡量，」蔡郁娟用安慰的口吻說：「富人並不一定快樂，窮人的日子卻過得很踏實。」

「話雖不錯，但妳看到的，或許只是它的層面，」陳國明說著，喉頭有些哽咽，「妳沒看到這一學期，我爸為了籌措幾百塊錢學費讓我去註冊，幾乎費盡了心思，看了真教人鼻酸啊！」

「你為什麼不告訴我？」蔡郁娟關心地說。

「我能告訴妳什麼，」陳國明淡淡地，「難道要博取妳的同情？」

「那是你自己的想法，我可沒這麼說。」她有些不悅地，「我很珍惜我們相處的時光，以及相互的承諾。」

「那畢竟是以後的事了。」

「如果不珍惜現在，怎麼還會有以後呢？」

陳國明沒有回應她，低頭看著那青蒼翠綠的太武山谷，復又抬頭看看那巨巖重疊的山頭。他的情緒似乎受到貧窮家境的感染，此時有些低落。

「陳國明，蔡郁娟你們走快一點好不好？」走在前面的王美雯，高聲地喊著。

他們沒有說話，沒有笑容，各自快步地走著。

「怎麼啦，剛才不是有說有笑的，」和他們會合時，王美雯訝異地問：「吵架了？」

「林春花，我看今天的鍋貼也別吃了，」梁玉嬌看看陳國明和蔡郁娟，「你們仔細看看他倆的面孔，簡直比鍋貼大王煎焦的鍋貼還難看，我不相信有誰吃得下。」

陳國明和蔡郁娟情不自禁地抬起頭，相互地看了看；然而他們看到的是彼此間未曾有過的臉色，倒也覺得好笑。

「我們怎麼啦？」蔡郁娟故意走到陳國明身旁，對著他們說：「列位小姐先生請看看，我們那一點不搭配？」

「當然搭配，」林春花笑著說：「雖然郎才女貌……」

「但欠缺了一份溫柔！」林春花還未說完，何秋蓮搶著說。

蔡郁娟趁何秋蓮不注意，一把揪住她，把她拉到陳國明身旁，笑著說：「妳來示範看看，什麼叫做溫柔？」

「妳放開何秋蓮，」梁玉嬌主動地走過來，笑嘻嘻地對蔡郁娟說：「我來做示範！」只見她手一伸，輕輕地摸了一下陳國明的臉頰，眼角一勾，柔軟的身段加上嬌滴滴的表情，嗲聲嗲氣地叫了一聲：「國明哥…」

大夥兒眼見梁玉嬌這種扣人心弦的三八表情，幾乎都笑得前仰後合，拍手稱好。

「肉麻！」蔡郁娟說後，看了陳國明一眼，罵了一聲：「三八阿嬌！」

「列位，請你們本著良心評評理，是我梁玉嬌三八？還是蔡郁娟缺少了叫國明哥的那份溫柔？」梁玉嬌像演講似地說：「剛才我已經示範過了，現在就請蔡郁娟依樣表演，好不好？」

「好！」大夥兒拍著手，尖叫著。陳國明卻傻傻地看著蔡郁娟。

「我看算了，別為難他們了，」王美雯說：「在這個眾人矚目的高山上，叫她怎麼溫柔得起來。」

「王美雯，誰說在高山上不能溫柔，」梁玉嬌轉向她，「難道妳溫柔過？」

「妳這個死阿嬌，」王美雯捉住她，「活得不耐煩了，等一下把妳丟到山下去！」

他們吵吵鬧鬧已走回太武公園，林維德和李秀珊先回家了，卻意外碰到楊平江。林春花很有風度地和他打招呼，他卻顯得有些不自在。以前不是大言不慚地說要追林春花嗎？而此時碰到她，卻如碰見他娘般地躲躲閃閃。

「楊平江，待會兒林春花要請我們吃鍋貼，一起去好不好？」陳國明說。

他看了一下林春花，想不到林春花也正看著他。

「不了，我要回家去。」他推辭著說。

「一起去嘛，沒有關係啦！」林春花說。

「謝謝妳，我真的要趕回家拿東西。」他走到陳國明的身旁，輕輕地拍拍他的肩膀，彼此有心照不宣之感。

「林春花，妳親眼看到的，頑石總會點頭。」他走後，陳國明笑著對她說。

「謝謝你這個大恩人，待會兒請你和蔡郁娟多吃幾個鍋貼總可以了吧！」林春花慢條斯理地說。

「其實該請客的何止是妳一人。」陳國明賣著關子說。

「還有誰？」林春花不解地問。其他人都以好奇的眼光看著他。

「王美雯、何秋蓮、梁玉嬌……」陳國明像點名似地說。

「為什麼？」

「想當初嘉義鱸鰻手中就拿著一個如意算盤，如果追不到林春花，就追王美雯，如果追不到王美雯；就追何秋蓮，如果追不到何秋蓮；就追梁玉嬌……」陳國明笑著說。

「就單單沒有蔡郁娟的份？」林春花反問。

「當然。」陳國明說著，卻突然地被王美雯搥了一下。

「當然，當你這個大頭啦！」王美雯又要搥他，陳國明一閃，「我們都該死，只有蔡郁娟倖免？如果不說出一個理由，你就倒大楣！」王美雯提出警告。

「美雯姐，妳先別發火，嘉義鱸鰻想追的，都是美女啊？」

「美你的頭！」王美雯又想搥他，「明明知道我既老又醜，你還想吃老娘的豆腐是不是？」

「美雯姐，請息怒，」陳國明舉起手，笑著說：「小弟我宣佈投降！」

「蔡郁娟，」王美雯指著她，「妳給我好好的管教管教，別在老娘面前撒野！」

「王美雯，這干我何事？」蔡郁娟笑著說。

「妳說的，不干妳的事是嗎？」她逼人地問。

「蔡郁娟，我看妳還是舉手投降算了，」梁玉嬌似乎另有盤算，「論理說是不干妳的事，可是某大姐她肯罷休嗎？」

「什麼？」王美雯一聽到某大姐這三個字，神經就大條，直指著梁玉嬌說：「沒人像妳那麼夭壽骨，妳這個膾好的三八嬌！」王美雯邊罵邊搥她。

「看你們這些青年要野到幾時，」林春花老氣橫秋地說：「時代如果真有你們這些主人翁，不悲哀才怪！」

「哎喲，我的小美人，」王美雯輕輕地摸了她一下臉，「竟然變得多愁善感、懂得憂國憂民啦？」

「國家有難，匹夫有責。」林春花指著王美雯笑著，「難道妳連這個簡單的道理都不懂？」

「我不懂，妳懂？」王美雯趁她不注意，伸手捏了她一下臉頰，一字一字地唸著：「真不愧是我們縣長大人的乾女兒！」

「王美雯，妳別酸溜溜的好不好，」梁玉嬌又插了嘴，「這不正是：時代考驗青年，青年創造時代嗎？」

「好了，」蔡郁娟打了圓場，「再考驗下去，林春花不變臉才怪！」

「可不是，」何秋蓮幫著說：「瘋了一上午啦，如果繼續瘋下去，鍋貼鐵定吃不成。」

嬌艷的春陽已停留在木麻黃樹上的頂端，微微的春風吹在他們熾熱的臉上，走了那麼遠的路，又瘋了一上午，的確是有點倦了。他們走到紅大埕，一個個無精打采地進入鍋貼大王，前來消費的客人已剩下不多，六人圍著一張大桌子，看到那盤油膩膩的鍋貼，竟然沒有了胃口。

「列位，」陳國明笑著說：「現在正是時代考驗青年的時候，如果不把這盤鍋貼吃完，非但對不起林春花，又怎能對得起苦難的國家。」他含笑地看看她們，「列位都聽過，馬山播音站的播音小姐對大陸同胞廣播時經常說：你們穿的是草鞋，吃的是地瓜皮。而列位面對這盤大陸同胞吃不到的佳餚卻無動於衷，妳們對得起誰呀？」

「第一個對不起的當然是你，」王美雯拿起陳國明的碗，為他夾了滿滿的一碗鍋貼，「今天林春花也是因你而請，我們只是陪客。小弟，您就慢慢地享用吧！如果要與蔡郁娟同享，我們絕不反對。如果想請在座的任何人代勞，可得給老娘小心！」

「夭壽，實在真夭壽，」梁玉嬌一副驚異的搞笑狀，一一點著名，「蔡郁娟，林春花，何秋蓮妳們看到沒有？這個某大姐實在真歹死呢！」梁玉嬌剛說完，王美雯的手已打了過來。

「三八阿嬌，老娘這輩子欠妳啦，」王美雯用力捏了她一下手臂，又搥了她一下肩膀，「偏偏喜歡和老娘作對！」

「王美雯，」蔡郁娟笑著說：「嘉義鱸鰻說過，追不到林春花就要追妳，可見妳是我們學校的第二美人；但不知妳那一條神經沒拴緊，開口老娘，閉口也老娘，現在仔細看看，妳真的愈來愈有老娘的味道！」說完又是一陣哄堂大笑。

「蔡郁娟，妳要讓我笑死是不是？」林春花幾乎笑得前仰後合。

「別鬧了，」何秋蓮向櫃台使了一個眼色，「老闆不高興啦！」

老闆含笑地站在櫃台前，並沒有不高興，因為他懂得和氣生財的道理。然而，他們卻不能不有所收斂，只因為他們是這個時代裡的主人翁，必須接受時代的考驗，將來好報效國家。

第十三章

春假過後，緊接著是農曆四月十二的到來。

那天是浯島邑主城隍遷治紀念日，依例城隍爺遶境巡安，雖然天空下著綿綿細雨，但在城隍爺出巡時刻，依然擋不住隨香的善男信女。在「玉旨敕封顯佑伯」遷治紀念旗的前導下，依序是大鑼、托燈、范謝將軍、顏柳督察、開浯恩主公、關帝爺、文武判官、馬軍爺與神駒、道士、十音、南管、城隍爺神轎、蜈蚣座、旗陣、獅陣、以及化妝遊行隊伍……等等。只見遊行隊伍經過之處，無不人山人海、萬頭鑽動，把窄小的后浦街道，擠得水泄不通。但這只是民間的迎神賽會，並非是國定紀念日，金門中學的師生，依然按原訂的課目表上課。當遊行的隊伍抵達西門時，悅耳的十音、南管，以及咚咚鏘的鑼鼓聲，幾乎讓同學們無心聽課。家住后浦的同學，更期盼著學校能早點放學，好邀請三五好友到家裡聚一聚，以盡地主之誼。陳國明向教官請假，受邀到蔡郁娟家是很自然的事，同學們早已見怪不怪。

蔡郁娟家的生意做得不小，來往的客人很多，每年的四月十二，幾乎都會擺上幾桌酒席，由母親親自烹飪，宴請少數交情較深厚的客戶和親朋好友。陳國明事先已和蔡郁娟講好，不能叫他上桌，他要幫忙端菜。蔡郁娟也把他的心意稟告了父母親。二老對於這個識大體的青年，的確是讚揚有加。

許多親友都未曾在蔡家見過陳國明，今天見到這位彬彬有禮、勤奮樸實的年青人，無不紛紛地打聽他和蔡家的關係。

「他是郁娟的同學啦，」蔡郁娟的父親解釋著說：「貧苦家庭出身的孩子，不僅勤奮也懂禮，書又讀得好。自從郁娟認識他後，兩人一起讀書、相互鼓勵。你們看到沒有，郁娟這個孩子簡直變成另外一個人；除了聽話、懂事，功課也進步很多。郁娟她母親，幾乎把這孩子當成自己的孩子來對待。」

「這個年頭，務實的青年人已經不多啦，如果將來有緣，是一個得力的好幫手啊！」其中一人說。

「這要看郁娟有沒有這個福份呀！」蔡郁娟的父親笑著說。

「如果他家兄弟多，將來不妨替郁娟招個子婿。」又有人說。

「時代不一樣囉，」蔡郁娟的父親感嘆地說：「艱苦家庭出身的好孩子，不僅自尊心強，也有骨氣，誰願意入贅？」

「說來也是，我們也看過很多；願意入贅的大部分都是一些好吃懶做、不務正業的懊少年。」另一個人說。

「實際上，子跟子婿沒有兩樣，有些親生囝反而沒有囝婿來得孝順。」又有一個人說。

「將來的變化還很大，」蔡郁娟的父親啜了一口酒說：「一切攏是命啦！」

陳國明在廚房忙得不亦樂乎，時而端菜，時而洗碗盤，時而掃地，看在蔡郁娟母親的眼裡，的確是疼愛有加。好不容易客人都走了，他又幫忙清理桌面，收拾殘局。待剩菜重新熱鍋端上桌時，外面的雨卻愈下愈大。

「阿伯，要不要先把騎樓下的東西搬進來？」

「先去吃飯吧，」蔡郁娟的父親看看他說：「看你忙了一晚上，真讓我過意不去。」

「阿伯，您不要客氣啦，」陳國明誠摯地說：「這樣才能讓我有一份參與感，待會兒吃起飯來才會更自在。」

「好，」他興奮地站起來，拍拍陳國明的肩膀說：「我不僅喜歡你的勤勞也喜歡你的坦率！」

蔡郁娟的母親忙了一整天，面對桌上的菜餚，卻一點胃口也沒有，只喝了少許湯就離桌。

「陳國明，」蔡郁娟端起了汽水，笑咪咪地說：「喝一口吧，辛苦你了！」

「謝謝妳，老闆。」陳國明也舉起了杯，笑著說。

「今晚有一個人特別高興，」蔡郁娟賣著關子，「你猜猜是誰？」

「妳！」陳國明肯定地說。

「錯！」蔡郁娟插搖手，「是我爸爸。」

「是不是因為他多喝了一點酒？」

「豈止一點，我看見他乾了好幾杯啤酒。」蔡郁娟頓了一下又說：「以前從沒見過他如此的喝法。」

「我爸他是心情不好時才會多喝點。」陳國明說。

「我爸正好相反，高興時會多喝點，」蔡郁娟笑著說：「今晚比中了愛國獎券還高興，自己一個人起碼喝了二瓶啤酒。」

「會不會酒醉啊？」

「從來沒見他醉過。」

「好酒品。」

「待會兒我去問問他，看他到底高興什麼？」蔡郁娟話剛說完，爸爸已站在她的面前。

「阿伯。」陳國明趕緊站起，他把他按下。

「妳這個戇囝仔，」他先拍拍陳國明的肩，又摸摸蔡郁娟的頭，笑著說：「高興是從人的內心發出來的，我怎麼能說出為什麼而高興。如果妳非要我說出一個理由，只好坦白告訴妳：我見到國明這孩子，心裡就高興。」

「我就知道，絕對有什麼讓您特別高興的事；要不，您不會喝那麼多酒。」蔡郁娟笑著說。

「這叫著知父莫若女啊！」他仍然興奮地，「櫃子還有半瓶啤酒，放久了會苦，不把它喝掉太可惜，我看你們就把它分了吧！」說後，緩緩地移動著腳步，含笑地走了出去。

「先把汽水喝完，」蔡郁娟舉杯一飲而盡，順手把櫃子裡的半瓶啤酒取了過來，「你喝過沒有？」

「沒喝過。」陳國明坦誠地說。

「來，試試看。」蔡郁娟拿起陳國明的杯子，各倒了半杯。

「別開玩笑了，待會兒喝醉了就回不了學校。」陳國明不敢輕易地嚐試。

「膽小鬼，喝醉了我扶你回去。」蔡郁娟舉起杯，催促著說：「來，喝一口看看，啤酒的酒精濃度不高，不會醉的！」

陳國明舉起杯，喝了一小口，在感覺上雖然有一點苦澀，但並不難下嚥。心想：原來酒只不過如此而已。他們又陸續地喝著。

「怎樣？我沒騙你吧！」蔡郁娟又喝了一口，「但酒不能空著肚子喝，那樣容易醉，要先吃點菜。」

「看妳對酒好像挺內行的嘛？」

「偶爾地陪我爸喝點啤酒，也聽他談酒經。」

「醉過沒有？」

「只是臉紅，沒醉過。」

「蔡郁娟，喝過後，整個臉真的感到有點熱呢！」陳國明摸摸臉說。

「我也是。」蔡郁娟也摸摸自己的臉。

「蔡郁娟，」陳國明指著她，低聲地說：「妳的臉真紅了呢，很好看。」

「我本來就不難看嘛，」蔡郁娟含笑而低聲地說：「怎麼你現在才看出來呢？」

陳國明傻傻地笑笑，不知如何來回應她。

「喂，」蔡郁娟依然輕聲地，「怎麼不說話呢？」

「妳不僅好看，也很純情，」陳國明看看她細聲地，「很多男生都是這樣說的。」

「你管其他男生幹什麼？」蔡郁娟也看著他，「我只問你一個人啊！」

陳國明靦腆地笑笑，沉默不語。

「喝完這口酒，壯壯膽再說。」蔡郁娟舉杯乾下。陳國明也跟著喝完。

「蔡郁娟，」陳國明低喚著，而後看了一下門外，「我沒騙妳，在我心目中，妳比其他女生都好看，我真的愈來愈喜歡妳了。」

「你沒騙我吧？」蔡郁娟雖不感到意外，但還是加強語氣，認真地問。

「君無戲言！」陳國明鏗鏘有力地說。

蔡郁娟滿意地笑笑，也笑出雙頰二朵燦爛的紅玫瑰，在柔和的燈光映照下，更顯得她的清純和艷麗；看在陳國明青春熾熱的心中，卻也有一份難以言喻的飄然感，情不自禁地看了她好久好久。

「你怎麼這樣看人？」蔡郁娟有些不好意思。

「沒有什麼理由啦，只是想看而已。」陳國明坦誠地說：「而且我發現到，妳愈看愈好看。」

蔡郁娟的雙頰似乎更紅了，竟微微地低下頭。

「我說的都是真的啊，妳怎麼低下頭啦，是不是我說錯了？」陳國明不解地問。

蔡郁娟抬起頭，夾了一塊瘦肉，放進陳國明的碗裡，企圖來化解自己的尷尬，而後轉換話題說：「怎麼沒看到你吃肉呢？」

「這塊瘦肉應該讓妳吃，」陳國明笑著，把肉夾回她的碗裡，「我吃肥的。」

「說來也是，你應該多吃點肥肉，快一點長大，」蔡郁娟也笑著，「別讓人看來，老像一個小弟弟的樣子。」

「不，近一年來我不僅長高也長胖了很多，」陳國明幽幽地說：「或許是吃了學校的大米飯，以及三不五時來妳家打牙祭。」

「但願我們都能快一點長大。」蔡郁娟的語氣有些兒急促。

「妳想快一點當老闆是不是？」

「不，我深恐你這位伙計走失。」

「不會啦，我們不是經常說：君無戲言嗎！」

「現在是君無戲言，但願爾後不要言而無信！」

「蔡郁娟，時間會證明一切的。」

「但願如此！」

飯後陳國明快速地收拾碗筷，他的動作乾淨俐落，讓蔡郁娟也自嘆弗如，看在她母親眼裡，更是萬分的感動。

他們相偕來到店內，門外卻細雨依稀，時而有雨絲飄在騎樓下的貨物上，陳國明主動地拿了一塊抹布，輕輕地擦拭著，而後說：「阿伯，外面的貨先搬進去好不好？」

「你先來喝杯茶再說。」蔡郁娟的父親從小小的老人茶壺裡，倒了三小杯茶，神情愉悅地說。

陳國明走到櫃台，端起茶，雙手遞給蔡郁娟的父親，「阿伯，您先請！」復又端了一杯給蔡郁娟。

「國明，」蔡郁娟的父親啜了一口茶，慈祥的眼神對著他，笑著問：「你將來準備做什麼啊？」

「小時候的志願是從軍報國，」陳國明坦誠地說：「現在卻答應郁娟，如果有一天她做了老闆，我要做她的伙計，她要幫我種田，但這畢竟是以後的事。」

「真的？」他訝異地，而後卻興奮地哈哈大笑，「此話當真？」

「君無戲言！」蔡郁娟代他回答後，老人家喜悅的形色溢於言表，三個人幾乎笑成一團。

「如果家裡有什麼困難，要告訴阿伯，知道嗎？」他關心地說。

「謝謝阿伯，」陳國明淡淡地，「沒有什麼困難啦。」

「阿爸，」蔡郁娟看了一眼陳國明，轉而對著父親，「有困難他也不會說的。」

「戇囝仔，」父親指著她，「難道妳不會主動去關心嗎？還要人家說。」

蔡郁娟被父親頂得啞口無語，然而，她要如何來關心他呢？或許，陳家唯一缺少的就是金錢，但陳國明會接受她以金錢來資助嗎？這是一個她必須思索的問題；除非世事有所變化，要不，想談這些事情似乎還早，因為他們尚未真正面對到難題。

天空細雨霏霏，蔡郁娟執意地要陪他走一段路，然而他們並沒有走在燈光明亮的街道上，而是順著東門郊外人車稀少的馬路走。原先各撐各的傘，但只走了一小段，蔡郁娟卻把傘合下，一股兒鑽進陳國明的傘裡，輕輕地挽著他的手臂，彷彿是雨中的一對小戀人。陳國明雖沒有拒絕，但卻感到混身的不自在。

「膽小鬼，發什麼抖？」蔡郁娟說著，竟然把他挽得更緊。

「妳不怕讓人看見啊？」陳國明目視著前面，不敢看她，「這麼親密，人家會笑的！」

「笑什麼，有什麼好笑的？」蔡郁娟不在意，「我還想親你呢。」說著、說著，竟然一轉頭，真的在他頰上親了一下，「香不香？」

陳國明依然不敢看她，伸手摸摸自己的臉，感到有一股像剛才喝過酒時的熾熱。

「怎麼了？」蔡郁娟俏皮地問：「口水沾到你的臉頰啦？」

「沒有啦，」陳國明又摸摸臉，「可能是雨水。」

「說你笨嘛，書又讀得那麼好；犁起田來有模有樣，搬起貨來也乾脆俐落；」蔡郁娟笑著數落他，「說你不笨嘛，卻把口水當雨水。」

「蔡郁娟，妳別笑我笨，」陳國明含笑地看看她，「有一天我會長大的，但我不會親妳的臉頰，而是要親妳的嘴。」

「來呀！來呀！」蔡郁娟把臉轉向他，「現在就讓你親呀！」

陳國明不知所措地傻笑著，只感到雙頰熾熱無比，「我是說等我們長大。」

「我們不都是青年了嗎？還能算小呀？」

「可是我們現在還在讀書啊，是學生耶。」

「難道學生就不能有感情？不能相愛？」蔡郁娟有些兒激動，「你有沒有發覺到，自從我們在一起後，我們的功課都比以前進步很多，我爸媽也很高興我們在一起！」

「但總不能親嘴吧！」陳國明有些憂慮地，「萬一我們的行為出現差池時，妳爸媽還會歡迎我到妳家嗎？說不定還要被揍一頓呢！」

「陳國明，說你笨，你還真不笨！」蔡郁娟笑著說：「你設想得很週到，有些事我是沒想過那麼多的，只感到和你在一起很快樂。」

「蔡郁娟，現在我們是如兄如妹，如姐如弟，如老闆和伙計，除了相互照顧和鼓勵，更要用功讀書，才對得起父母和師長。知影嘸？」

「知影啦，」蔡郁娟興奮地拉著他的手，卻突然抬頭看了他一眼，「陳國明，我發現到，我愈來愈愛你了！」

陳國明沒有回應，僅以他深情的眼望望她，而卻情不自禁地捏了她一下手。是默許？是接受？還是這個美麗的故事剛開始又要結束？世事總教人難以預料。

天空依然飄著霏霏細雨，傘下這對小戀人該走向何處，是烽煙下的茫茫人海？抑或是平坦的康莊大道？在那株綠葉蔽天的榕樹下道別，蔡郁娟闊步走在街燈明亮的大道上，陳國明在暗淡的小路上踽踽獨行，他們所欲追求的，雖然同是明日雨後的陽光，但總是有人會喪失希望……

第十四章

時光匆匆，暑假過後又將開學了。

陳國明依通知到校領取註冊單與繳款單，但卻在佈告欄裡，看到一則令他難過的消息。學校所有的公費生，除了烈嶼的同學外，其他同學必須檢附貧戶證明書重新申請。這則公告簡直讓陳國明看傻了眼，他在佈告欄前站了很久很久，想起得來不易的公費，如今又要重新申請；他家是政府有案的貧戶，證明書絕對可以輕易地取得，但能不能申請到卻是一個未知數。就像上學年一樣，為了手上這只老錶，第一關就被空坎牓導師刷掉，如果不是校長的特准，或許早就輟學在家了，何能讀完這一年的初中。

雖然他利用暑假的早上，賣油條、賣燒餅，下午又去賣枝仔冰，好不容易賺了學費，但將失去每月二百元的公費。雖然可以提出申請，然而具有貧戶資格的同學並非少數，萬一沒申請到，每月二百元的伙食費，要父親到哪裡去張羅？倘若勉強去註冊，往後勢必更難過。自己的前途雖重要，但也不能不替年邁的父母親著想。

陳國明沒有回到教室，也沒有刻意地和同學打招呼，更從未想過要去找蔡郁娟，請求她的協助。他黯然地移動腳步，步履蹣跚地走過曾經住過的防空洞，打從學校後門的泥土路走。然而，他雖失望，但並沒有絕望，他將在這一年的休學期間，憑自己的勞力賺取學費，繼續未完成的學業。

回到家裡，他把學校的情況以及自己對未來的展望，都一五一十地向父母親稟告。

「講實在話，二百元對有錢人家來說，只不過是九牛一毛；但對一個靠著那幾畝旱田維生的農家來講，的確是一筆沉重的負荷。孩子，你能明瞭這個家庭的處境，處處為這個貧困的家設想，實在是讓我感到見笑。」父親自責地說。

「阿爸，您不要這樣講，休學一年沒關係，待明年家境好轉再復學。雖然又晚了一年，就把它當著是功課不好被留級。」陳國明心胸坦然地安慰著父親。

「但願天公祖能保佑這片土地，風調雨順、好收成；欄裡的豬、牛、雞、鴨也能碰碰大。屆時阿爸一定會讓你再到后浦讀冊。」

「阿爸，我已經想過，休學的這一段時間，除了幫阿爸種田外，我會繼續去賣油食粿和燒餅，夏天也可以去賣枝仔冰，賺足了學費，再復學。」

「你有如此的想法，阿爸真歡喜。但是不要忘了要利用時間，把以前讀過的書重新複習，以免日久生疏，一旦復學跟不上人家。」

「阿爸，這點您放心啦！如果有不懂的地方，我會請教副官或補給官，相信他們會教我的。」

「這樣就好，這樣就好。」眼見父親滿臉的皺紋，滿頭的華髮；微駝的背脊，整天與山為伍，與海為伴，陳國明的內心，何嘗不是隱隱約約地痛楚著。然而，這畢竟是大環境的使然，與他們同遭此宿命的村人大有人在，豈能怨天尤人。

開學日到了，金門中學又招考了數百名初一新生以及第二屆特師科的學生，整個校園熱鬧滾滾。然而，除了少數留級生不願重讀外，升上初二而休學的同學也大有人在，陳國明就是其中之一。但除了少數平日較親近的同學外，又有誰會去注意他們呢？升學和休學或許是一件極其自然的事，誰也管不了誰。

蔡郁娟眼見開學在即，卻始終見不到陳國明的身影，內心的確是慌張到了極點。然而，路途那麼遙遠，她該用什麼方法才能找到他，才能問明他沒來註冊的原委？或許，不必見面她心裡已有數，一定是籌措不出學費和食宿費，要不，以他的學業成績和勤奮好學，絕對沒有休學的理由。

王美雯和何秋蓮問：為什麼陳國明沒來註冊？

梁玉嬌和林春花問：為什麼陳國明沒來上課？

林維德和李秀珊問：為什麼陳國明要辦休學？

竟連嘉義鱸鰻也問：為什麼沒有看見陳國明？

然而，蔡郁娟知道為什麼嗎？一連串的為什麼問得她啞口無語、心煩意亂。倘若真有什麼困難也應該告訴她一聲，為什麼在這緊要關頭卻不把她當成朋友？如果純粹是經濟因素，更易於解決；只要陳國明啟口，只要告訴她爸爸一聲，絕對沒有解決不了的事。

蔡郁娟逕行問過註冊組，在一個星期內還有補救的辦法，於是她向學校請了假，沒有經過父母親的同意，獨自搭乘客運公車，順著那條不太熟悉的蜿蜒小路，走了好久好久，才抵達陳國明的家。而陳國明卻在山上耕作，在他母親的陪同下，又匆匆趕到耕地。當她見到陳國明時，卻一時說不出話來，只見淚水不停地盈滿著她的眼眶。

「蔡郁娟，」陳國明訝異地，「學校不是開學了嗎？妳怎麼來了？」

「陳國明，你為什麼不去註冊？」說著說著竟情不自禁地嚎啕大哭起來。

陳國明輕輕地拍拍她的肩，低聲地安慰她說：「快別哭，快別哭！」

「不，你先告訴我，為什麼不去註冊？」她依然失聲地哭泣著。

陳國明轉頭向父母親打過招呼後，右手卻輕輕地放在蔡郁娟的肩上，陪著她緩緩地往回家的路上走，並不停地安慰她說：「別哭了，別哭了！」

「告訴我，你為什麼不讀了？」

「公費又要重新申請，我怕申請不到，」陳國明淡淡地說：「我的家境妳清楚，雖然我利用暑假賣油條、燒餅和枝仔冰賺到了學費，但我實在不忍心再看到父母親，為我每月二百元的伙食費而傷神。」

「陳國明，別忘了我們是同學們公認的好朋友，有什麼困難你應該告訴我，而不是選擇逃避。」蔡郁娟擦了一下淚水，「我爸爸也曾經告訴過你，有困難要告訴他？相信我們全家對你都是誠心的。」

「我知道妳對我好，阿伯阿姆也把我當成自己的子女來看待，我時時刻刻都懷抱著一顆感恩的心。」陳國明有些哽咽地說。

「既然這樣，有困難你為什麼不說？」蔡郁娟有些兒激動，「是不是不要我這個朋友啦？還是二個月暑假的分離，就把我給忘了！」

「不，我沒有忘，我時時刻刻都會記住妳！」陳國明也激動地，「蔡郁娟，我並沒有要放棄讀書，等我賺夠了學費，明年我會申請復學的；很快又可以和妳在一起了。」

「不，不要等明年，為什麼非要那筆公費才能讀書！」她跺了一下腳，依然激動地，「現在就跟我走，住到我家去；早上我們一起幫爸爸的忙，然後一起去上學，放學後一起回家！陳國明，你一定要答應我！答應我！」

「蔡郁娟，」陳國明低聲地喚著，卻情不自禁地，滾下二行悲傷的淚水，「有些事妳是不瞭解的……」

「我瞭解你，我太瞭解你啦！你有你的自尊，有倔強的個性，不願接受人家的幫助，對不對？」她說著說著，竟然又哭了出來，「陳國明，學校有那麼多同學，為什麼我只關心你一人？為什麼爸媽只想幫助你一人？你說是為了什麼？」

「妳的心意我瞭解……」陳國明還沒說完，蔡郁娟緊接著說：「你不瞭解，你永遠不會瞭解！如果你真正瞭解，必然會把我當成知己，把你遭遇到的困難告訴我，讓我們共同來解決。但是你沒有，你選擇的是不見我，不告訴我，讓我焦急，讓我擔心和憂慮！」

「我一直在想，自己的事應當自己來解決，別讓周遭的人也來承受這份苦難。」

「你的理由難道不會太牽強？」她有些兒氣憤。

陳國明神情凝重地搖搖頭。兩人爭爭吵吵地已到了家。

「進去喝杯水？」陳國明說。

「不了，我得趕路，晚了沒車。」蔡郁娟再三叮嚀著，「我知道你現在不能跟我走，明天我在學校等你，我會陪你一起去註冊；不必為學費煩惱，我會為你準備一切。聽到了嗎？」

陳國明沒有回應她，感動的形色卻溢於言表。然而，他能接受這份盛情嗎？真能住到她家去，和她共享家的溫馨？誠然蔡郁娟真有這份誠摯的心意，但他又怎能消受得起。

「陳國明，你聽見沒有？」蔡郁娟又一次地追問著。然而，陳國明的內心依然充滿著矛盾。「如果你明天不到學校來，我永遠不再理你！」蔡郁娟說出了內心難以承受的重話。

陳國明沉默不語地陪著她走，內心所交雜的矛盾和苦楚，並非蔡郁娟所能理解。他含淚地牽著她的手，時而看看她哭紅的眼眶，時而捏捏她柔柔的小手，此時是否真能無聲勝有聲？還是別有一番滋味在心頭？又有誰能瞭解到，這對青年男女心想的是什麼？

「當王美雯她們問起，陳國明為什麼沒來註冊、沒來上課？你可知道，我的心裡有多麼地難過。」蔡郁娟哽咽地說：「陳國明，我再說一遍，如果你明天不來學校，我真的不再理你了！」

「不要這樣說，」陳國明幽幽地，「妳的好意讓我十分感激……」

「我不要你的感激！我只要你回學校讀書！」陳國明還沒說完，蔡郁娟搶著說：「如果不能和你在一起，得不到你在學校的鼓勵，我會讀不下去的！」

「不要忘了，」陳國明看看她，輕聲地說：「書是為自己而讀的，以妳的家境與妳的天賦來說，只要加以用功，妳的前途絕不限於當老闆。」

「什麼事對我來說都不重要，我只要你回學校讀書！」

「我不是說過嗎，明年我一定會復學的，」陳國明試圖以輕鬆的語調，「屆時妳已升上初三了，而我才初二，我要叫妳一聲學姐呢！」

「誰希罕！誰希罕！」蔡郁娟不屑地。

「冷靜點，蔡郁娟，我的所作所為以後妳會明白的。」陳國明輕輕地捏捏她的手。

「如果你明天不來學校，我……」她哽咽著說不下去，而後又流下二串悲傷的淚水。

「別再哭了，眼睛都哭腫了……」

「都是你害的！」淚水又從她的眼眶溢了出來，「都是你害的！」她揉揉眼，喃喃地說。

走過東珩，走過西吳，走過他們生命中的燦爛時光、青春歲月。陳國明送走了蔡郁娟，卻承受不了一份無名的失落感，在回程的路上，他竟然悲傷地痛哭著。然而，一踏進家門，他又展現出貧苦人家堅強的一面。

剛從山上回來的父親問他說：「什麼事惹你同學生氣啦？」父親淡淡地，「看她哭得那麼傷心，真教人也難過啊！」

「阿爸，蔡郁娟要我明天回學校讀書，她不僅要幫我繳學費，而且還要我到她家住。」陳國明坦誠地告訴父親。

「你怎麼回答她呢？」父親關心地問。

「我告訴她說：賺足了學費，明年再復學。但她始終不滿意我的答覆，揚言如果我明天不回學校，她以後就不理我了。」

父親微嘆了一口氣，「人家是一片好心啊！」

「阿爸，您說的沒錯，但這份人情我們一輩子也還不完。」

「話雖不錯，但她並沒有貪圖我們什麼，她的父母也對你疼愛有加，或許是基於同情和關心，進而願意幫助你！」

「阿爸，我始終認為，凡事靠自己比較踏實；有多少力量就做多少事。與其以後讓人指指點點，不如現在腳踏實地。您不是經常說：窮要窮得有骨氣嗎？」

「孩子，你是長大了，」父親興奮地說：「一年初中竟能把你陶冶成一個知書達理的時代青年，不錯，人要有志氣，窮要窮得有骨氣，這是為人處世不二法門。但你必須把你的想法告訴蔡郁娟，冀求她的諒解，千萬不能把得來不易的友情，讓它在一夕間失去。」

「她現在正在氣頭上，明天見不到我回學校一定更生氣，但我會利用時間寫信向她解釋的。」陳國明說著，竟有些感傷，「阿爸，說真的，我很珍惜這份情誼，她的父母也對我疼愛有加。阿爸，我永遠不會忘記他們給予我的那份愛！」

「人是有感情的，阿爸能瞭解你此時的心境，」父親慈祥的臉龐，流露出一絲無奈和感傷，「孩子，生長在這個貧困的家庭，的確是委曲你了……」

「阿爸……」陳國明的眼眶，有無數晶瑩的淚珠在蠕動……

第十五章

鄉村的清晨既寧靜又安祥。

陳國明晨起，就獨自在院子裡背誦副官為他寫的英文單字，復又朗讀補給官送給他的《古文觀止》，然後向阿獅伯仔批了燒餅油條，沿著駐軍的碉堡和基地高聲喊著：「燒餅、油條」，或到鄰近的村落喊著：「燒餅、油食粿」。只見他的腳步輕盈，聲音宏亮，待人親切有禮，除了受到天候的影響，平常時日，幾乎費不了多少時間，就能把批購來的燒餅油條賣完。雖然賺取的是蠅頭小利，但久而久之，必然能積少成多。

陳國明也利用空暇時，給蔡郁娟寫了好幾封信，但卻始終沒有接到她的回音。或許她還在生氣？或許她真的不理他了？但陳國明內心似乎很坦然，他的確沒有接受蔡家資助的權利。雖然蔡郁娟基於同學的情分，以及近一年來兩人如兄如妹般地相處，無形中已衍生出一份深厚的兒女情誼，但這畢竟與金錢無關。再過一段時間，他勢必又是金門中學的學生；雖然蔡郁娟讀初三，他讀初二，兩人的學歷相差一年，但他們何嘗不能成為一對相知相惜、相互鼓勵和照顧的好朋友呢？倘若接受她家的金錢資助來完成學業，這份人情他此生要如何來償還？將來一旦有什麼變化或差錯，他又如何對得起蔡家二老？因而，他始終認為自己的選擇是對的，和蔡郁娟的友情也禁得起時間的考驗，但這顆友誼之球似乎掌握在蔡郁娟手中，往後是否會有什麼變化，並非是一個貧寒人家子弟所能預料的。

蒙受天公祖的庇蔭，今年的雨水不但充沛，而且沒有受到蟲害，無論是蕃薯、芋頭、花生、高粱、玉米和大小麥，都依時序長成或結果；尤其花生更是粒粒飽滿，高粱和大小麥桿也承受不了結實的果穗而彎了腰。一斤多重的蕃薯，半斤以上的芋頭，幾乎處處可見。欄裡的豬肥了，牛羊壯了；吃了玉米和大麥的雞鴨，不但長得快，蛋也生得多。村中的父老都說：從共軍炮打金門以來，今年是難得的「好年冬」。做穡人一個個眉開眼笑，高粱可換米，花生可換油；小麥可磨麵粉，大麥和玉米可餵養畜牲和家禽；芋頭可賣錢，蕃薯是農家的主食，剩餘的可餵養豬牛，對於一個貧困的農家來說，無形中獲得許多改善，也增加不少收入。

陳國明的父親，挑選了一些蕃薯和芋頭，又盛了半麵粉袋煮熟曬乾的花生，要陳國明專程送到蔡郁娟家，除了感謝蔡家對他的關照外，也要他順便看看蔡郁娟，如果有什麼誤會，必須當面向她解釋清楚。陳國明面對慈祥關愛的父親，一時感動得無言以對。

陳國明選在禮拜天蔡郁娟在家的時候啟程。那天一早，他肩挑著俗稱的粗五穀，但如果真要買起來，也不是十塊八塊可買到的，然而它代表的並非金錢，而是一份盛情。只見他踏著輕快的腳步，走在通往沙美車站的小路上，愉悅的心不停地想著：馬上就可見到久別的蔡郁娟了，她或許長高了，變得更美了，他充滿著無數的期待，夢想和她手牽手走在雨中的南門街道上，夢想著親親她的嘴……

懷著一顆喜悅而又緊張的心，陳國明來到蔡郁娟的家，他一眼就看見坐在櫃台的阿伯，趕緊放下肩挑的東西，高聲地叫了一聲：「阿伯。」然而，久未見面的阿伯，卻打量了他好一會，「國明，是你！」

「阿伯，好久不見了，您好嗎？」陳國明興奮地向他一鞠躬。

「國明，你長高了，也壯了；但也黑了。」阿伯慈祥而喜悅地笑笑，但精神上似乎沒有以前的飽滿，「年紀大了，整天腰酸背痛，胃腸也不好。唉……」他嘆了一口氣。

「阿伯，」陳國明說著，把二袋土產提到他面前，「託天公祖的保佑，今年田裡的收成不錯，特地給阿伯、阿姆送來一些蕃薯、芋頭和花生，希望阿伯您會喜歡。」陳國明剛說完，蔡郁娟的母親正好走了出來，他依然深深向她一鞠躬，「阿姆，您好！」

「是國明啊，」阿姆高興地拉起他的手，仔細地打量了他一番，「你長高了，也結實了，阿姆看了真高興！」

「妳看，」阿伯指著面前的袋子，對阿姆說：「國明帶那麼多東西來。」

「你爸媽也真客氣，自己捨不得賣，都拿來送我們啦！」

「阿姆，一點小意思啦，我爸媽說：粗俗五穀不成敬意，請阿伯阿姆不要嫌棄。」陳國明說著，卻突然想起，「阿姆，郁娟呢？」

「在樓上，我去叫她。」阿姆走後，阿伯開了一瓶黑松汽水，倒了滿滿的一大杯，「國明，你先喝杯汽水。」

「謝謝阿伯，您也喝。」

「老了，不中用啦，竟連喝口汽水肚子也會脹。」阿伯摸摸腹部說。

「阿伯，您應該抽個空，到醫院檢查檢查。」陳國明關心地說。

「檢查過好幾次了，」阿伯無奈地說：「明明感到混身不舒服，卻檢查不出是什麼毛病。」

陳國明陷入一片沉思後，似乎領悟到了什麼，「阿伯，或許是店務太勞累了，您要多休息。」

「我能體會到你的心意，」阿伯感歎著，「辛苦了大輩子，雖然賺了點錢，但最後總是要賠上這條老命，人生說來的確也沒什麼意思啊！坦白說，我迫切地想要休息；但你看看，我怎麼休息？」

「是的，郁娟她還在讀書，您每天守著這家店，真的連一個喘息的時間都沒有，遑論是休息。」陳國明有感而發地說。

「國明，我真的沒看走眼，想不到你年紀輕輕的竟能瞭解到一個老年人的心境。」阿伯笑著問：「如果有一天，我把這家店交給郁娟來經營，你真的願意當她的伙計？」

「我曾經對郁娟說過：君無戲言這句話，但她現在還在讀書，距離當老闆的時間還很久，那畢竟是以後的事了。」陳國明坦誠地說。

「只要你記住這句話就好。」

「阿伯，我永遠記住：君無戲言！」

然而，陳國明和阿伯已交談了許久，卻始終不見蔡郁娟的身影。陳國明有些兒納悶，莫非蔡郁娟還在生自己的氣？如果是往日，早已展開雙手來迎接他了。而今，竟連下樓見一面的意願也沒有，是否該由他上樓當面向她請罪？冀求她的諒解？阿姆已來到他身旁，無奈地笑著說：「還在使性子，關著房門不下來。」

陳國明笑笑，「阿姆，沒關係，不要打擾她；只要郁娟知道我來看她就好了。況且，再過幾個月我就要復學啦，在學校又可以天天見面了。」陳國明說著，竟有一絲兒哽咽，「我也會常來看你們的。」

「孩子，你真懂事！」阿姆愛憐地看看他，眼眶竟有些微紅，「我去準備中飯，待會兒她會下來的；你陪阿伯聊聊天。」

「謝謝您，阿姆，」陳國明紅著眼眶，「家裡還有事，我得趕回去，改天再來……」

話還沒說完，二顆豆大的淚珠已滾了出來。

「怎麼了？」阿伯從櫃台走出來，拍拍他的肩，低聲地問。

陳國明擦擦淚痕，強裝笑顏，「阿伯，我回去了，改天再來看您和阿姆。」

「吃過午飯再走，」阿伯慰留著，「再陪我聊聊。」

陳國明苦澀地笑笑，拿起一旁的扁擔，「阿伯，我家裡真的還有事，等農忙過後再來陪您聊天、向您請教吧。」

「那麼帶點什麼回去。」阿伯說著，取來大紙袋，阿姆也走來幫忙。

陳國明見狀趕緊阻擋著說：「阿伯，謝謝您，我改天再來。」逕自拿著扁擔，跨出店門後，再轉回頭，眼眶噙著淚水，揮著手說：「阿伯，阿姆再見！」

當他們想揮手回應他時，陳國明的身影已消失在他們的眼簾。然而，在陳國明含淚快跑時，隱約地聽到後面有蔡郁娟的喊叫聲，但他並沒有回頭，亦無停頓腳步，只感到內心有滿懷的委曲，只想遠離這個地方趕緊回家，在空曠的田野裡大哭一場，好紓解一下低落的情緒。

回到家，陳國明把詳情告訴了父親，「聽到她的喊叫聲，你應該停下腳步才對，因為她已經讓步了。」父親說。

「阿爸，我沒想過那麼多，只想快一點回家，」陳國明淡淡地，「她如果不諒解也就算了。」

「不，不能這樣就算了，」父親開導他說：「友情的增進必須禁得起時間的考驗，如果因為一點小小的誤會，或是意見的相左就算了，豈不太可惜。自始至終，我們必須認同她的出發點，因為她想幫助你，而不是要害你，這點你必須先把它釐清。對女孩子嘛，要少一點指責，多一點包容。」

「下學年復學後，我是不會主動找她的。」陳國明依然很在意。

「你的想法是錯的，」父親含笑地看看他說：「如果我沒看錯，蔡郁娟是一個純潔善良的好女孩，雖然個性倔強點，但只要誤會冰釋了，相信你們依然是一對很好的朋友。孩子，你要珍惜啊！」

或許父親說得沒錯，人與人的相處絕對是建立在互信、互諒上，倘若真能把誤會解釋清楚，彼此的內心勢必更坦然，友情也會更牢固。他也相信，蔡郁娟絕對是一個善良的好女孩，或許在她的純情之後多了一些堅持，而這份堅持並非是無理取鬧，她只想以她寬裕的家境，來幫助一位惟恐申請不到公費，而準備輟學的好朋友，其他的承諾距離他們還遠，該珍惜的何嘗不是當下的時光。然而，今天已經過去了，他也錯失一個向她解釋的機會，是否還有下一次呢？當然有，但不知要等到什麼時候，陳國明的內心感到前所未有的悵然。

第十六章

每當雙號的晚上，陳國明總是提著一盞土油燈仔，放在大廳的八仙桌上，等待著副官晚點名後，來為他補習英文，或講解《古文觀止》書裡較深奧的文辭。幾個月下來後，他深信自己的英文和國文程度，不會比初二的在學生差，一旦復學，只要在數理方面多下功夫，勢必就能得心應手，因此他的信心滿滿，對未來也充滿著無窮的希望。

然而，今晚卻出乎預料，副官晚點名回來後突然問：「你對當兵有沒有興趣？」

「副官，坦白說，我小時候的志願就是從軍報國。」陳國明毫不隱瞞地說。

「如果你真有此意願的話，現在是一個好時機。」副官神情嚴肅地說：「國防部下了一道鼓勵金門青年從軍報國的命令，依你現在的條件，可以報考候補軍官班，訓練一年後就是少尉軍官，服務期滿後可退伍，亦可申請自願留營。」陳國明聚精會神地聆聽著，副官又繼續說：「你的家境並不是很好，雖然你有一顆求上進的心，但讀讀停停也不是一個妥善的辦法，說不定要廿幾歲才初中畢業；而初中畢業又能做什麼？還不如趁著年輕，到軍中去發展。」

「副官，那是要經過考試的，」陳國明有些動心，又有些憂慮，「依我的程度，不知能不能考得上？」

「候補軍官班依規定要年滿十八歲，高中畢業或同等學歷，但現在的環境不一樣，國軍需求兵員孔急，只要身體強壯，身家清白，有許多小學畢業生照樣考取。聽說對你們金門青年，還有特別的優待。」副官詳詳細細地為他解釋著，「你國文和英文的底子不錯，如果一切正常的話，錄取應該是沒有問題的。但我也必須坦誠告訴你，受訓期間很苦，但學習的機會和進修的管道卻很多；軍中亦有一套與社會截然不同的管理方式，服從命令、嚴守紀律、吃苦耐勞是它不二法門，只要你記住這幾點，努力奮發、勇往直前，你的前途不會比守在這個小島上差。況且，它又是一個報效國家的大好機會，你可以和你爸媽商量商量，考慮考慮看看。」

「副官，你知道，我是不怕苦的。」陳國明略有所思地，「從軍這條路，的確是良機不可失，我會設法來說服我的爸媽，但你也必須利用時間為我惡補一番。」

副官高興地笑著，「沒有問題！」但也不忘提醒他，「你要趕快做一個決定，不能說著玩；月中報名，月底就要考試，時間很緊迫。」

陳國明點點頭，愜意地笑笑，「我現在就向我爸媽說去。」

陳國明的父親雖然識字不多，但並非是一個頑固型的糟老頭，經過長久的懇談，以及轉述副官的看法，他老人家似乎也動了心——與其把陳國明留在身邊，含辛茹苦供他讀完初中，在沒有高官顯赫的庇蔭下，又能謀取一份什麼樣的工作？或許又是一個捲著褲管，戴著箬笠的做穡人。如果讓他到軍中磨練和學習，以陳國明的勤奮和聰穎，未來的前途，絕對大有可為。雖然他的母親有所不捨，但眼見孩子的堅持及老伴的解釋和疏通，讓她沒有理由反對下去，唯一放不下心的，依然是怕孩子在外受苦受難。

陳國明帶著軍醫院的體檢表和學歷證件，親自到救國團金門支隊部報名，服務人員遞茶送水、服務親切，讓他深感訝異；或許，只有準備從軍報國的青年朋友才能受到如此的禮遇和尊重吧！

順利地報完名，領了准考證，陳國明心想：是否應該到蔡郁娟家探望一下阿伯和阿姆？他站在救國團門外猶豫了片刻，想起不久之前含淚走出她家的情景，情不自禁地悲從心中來。於是，他決定不去，以免自討沒趣。雖然阿伯阿姆待他不薄，但蔡郁娟並沒有真正瞭解他，如果當初貿然地接受她的資助，今天從軍報國的心願勢必不能達成，或許還要長期看她的臉色來行事，這是他不能接受的地方。

陳國明剛走了幾步，巧而在救國團旁的一個巷道裡，碰到了嘉義鱸鰻楊平江。他們興奮地，相互尖叫了一聲「陳國明」和「楊平江」，而後緊緊地握住手，拍拍彼此的肩膀。

「楊平江，好久不見了，你好嗎？」陳國明有些哽咽。

「陳國明，我想死你了！」楊平江激動地，眼眶有些微紅。

「你到哪裡去？」陳國明依然緊緊地握住他的手。

「我準備去當兵，報考這一期的候官班。」楊平江從口袋裡拿出體檢表，在他面前揚了一揚。

「真的？」陳國明驚叫著，「楊平江，我沒聽錯吧！」

「不會錯，我現在就是要到救國團報名。」

陳國明拿出自己的准考證，興奮地遞給他，「楊平江，你睜大眼睛看看這是什麼？」

「你也來報考？」楊平江猛力地拍了他一下肩膀，高興地說：「我有伴了！」

「別高興太早，不知能不能考上呢？」陳國明有些憂心。

「聽說只要小學畢業程度，身體健康，筆試不要太離譜，都能考上。」楊平江信心十足地說。

「但願如此，」陳國明頓時也有了信心。

「陳國明，如果真能考上，我們不僅是金中同學、也是軍校同學呢！」

「到時可不能像在嘉義中學一樣，聯合外地同學來欺負金門同學。」

「不會啦，想起那時，的確是很幼稚。」楊平江有些不好意思，「如果沒有碰到你這位好同學，時而加以開導和鼓勵，或許我今天真的淪落成鱸鰻了。」

「我先陪你去報名，再慢慢聊。」他們相視地笑笑。

走出救國團，陳國明好奇地問：「你怎麼想到要從軍報國呢？」

「坦白說，我的養父是靠打零工來維生，家庭生活本來就不寬裕，為了不願被我生父說閒話，咬著牙讓我到台灣讀書；偏偏我又誤交損友，書沒讀好又花掉不少錢。回金門後，雖然認識你這位朋友讓我回了頭，但我養父的身體卻每況愈下，一個月做不了幾天工，家庭生計頓時出現了困境，哪還有錢讓我繼續升學！這也是我選擇從軍報國的最大理由。」楊平江坦誠地說，而後問：「你呢？」

「我家是政府有案的貧戶你是知道的，除了家庭狀況讓我輟學外……」陳國明還沒說完，楊平江搶著說：「聽說蔡郁娟要幫你繳學費，你不接受？」

「你聽誰說的？」陳國明笑著問。

「很多同學都知道。」他正經地說。

「我怎麼不知道？」陳國明笑著反問他，「楊平江，換成你呢？你會不會接受？」

「當然接受，誰像你那麼傻！」楊平江有點惋惜，「書讀不成，還惹人家生氣，這又何苦呢？」

「如果接受人家的資助，楊平江，我今天還能從軍報國嗎？」陳國明有些兒激動，

「雖然蔡郁娟是一番好意，但我爸經常說：人要有志氣，窮要有骨氣！坦白說，休學的這

段時間，我賣燒餅油條和枝仔冰，賺足了學費，今年的收成也不錯，欄裡的豬不久也可以賣錢了，如果不從軍報國，下學年我照樣可以復學。」

「這段時間，你見到蔡郁娟沒有？」

「前些時候我送了一些蕃薯和芋頭到她家，她還在生氣，不願見我。」陳國明毫不掩飾地說：「後來我走了，卻聽到她在喊我，但我並沒有回頭。」

「女孩子嘛，我見多了，」楊平江笑笑，「都是不可思議的。」

「你還想不想追林春花啊？」陳國明開玩笑地問。

「以前實在太幼稚了，竟然還會對女生吹口哨。」楊平江坦誠地說：「林春花不僅長得漂亮，看來也蠻溫柔的；現在想想，我們是什麼身分啊，竟然癩蝦蟆想吃天鵝肉。陳國明，以前的舉止和行為，說來簡直可笑又幼稚呀！」

「楊平江，我們都長大了，的確是可以從軍報國了！」

「但願能心想事成，」楊平江說：「有朝一日讓我們穿著軍裝，配上軍階，攜手走進金中校園，那時我們將不再是一個少不更事的毛頭小子，而是一位雄糾糾、氣昂昂的革命軍官。」

「只要我們奮發上進、勇往直前，沒有什麼不可能的事！」陳國明鏗鏘有力地說。

「我陪你去找蔡郁娟，當面向她細述你的抱負，以免將來兩地相思！」楊平江開玩笑地說。

「說相思，未免太沉重，不生我的氣也就阿彌陀佛了！」陳國明淡淡地說，也不忘開開他的玩笑，「如果你想看看林春花，我倒願意陪你去，但也必須小心……」

「小心什麼？」他不解地問。

「她家有惡犬！」楊平江聽後哈哈大笑，陳國明接著說：「那時你的膽量也真大，竟然不怕她去報告教官，對著她猛吹口哨；還厚著臉皮想追縣長的乾女兒？」他依然哈哈大笑，也笑出了當初的幼稚和無知。

他們在上帝宮口前分手，彼此為月底的筆試喊聲：加油，然而陳國明卻絲毫不敢大意，除了請副官做重點的提示外，自己也經常讀到「三更半暝」。畢竟它還要經過考試這道關卡，並非報了名就能把他們送進候官班；空有滿腔熱血、滿懷壯志，如果自己不加以努力，依然是徒勞無功。

副官不斷地為他加油打氣，也同時告訴他說：「訓練期間雖然較辛苦、較緊張，但一年很快就過去了；它也會參照你的興趣和志願來分科，畢業後就是少尉軍官。如果表現好、又沒出差錯，一年半升中尉，二年半升上尉，還可以到高級班進修；服務期滿後可以選擇退伍或留營。除了自己按月有薪餉，父母親也可以領取眷補費。吃的、穿的、住的，全由公家供給，這真是一個千載難逢的好機會呀！」經過副官的解說，陳國明對於軍中的概況，不僅有一番新的印象和瞭解，相對地也增加他從軍報國的熱忱和信心。

終於皇天不負苦心人，陳國明和楊平江終於雙雙獲得錄取，金門考區總共有十二人上榜，彼此相識者也有大半，一旦踏上陌生的土地，相信會相互關懷和照顧的。在接到錄取通知時，他曾左思右想，是否要把這則訊息告訴蔡郁娟？然而當他想起前陣子的那段傷心事，依然愛恨交加。於是他決定不告訴她，也不去找她，以免屆時再吃閉門羹，自討沒趣。

或許在傳統的觀念裡，仍然存在著：好鐵不打釘，好男不當兵的舊思維。陳國明因家貧沒錢讀書而走上當兵的路途，在一般人眼中，並非是一件光榮的事，更沒有什麼值得炫耀的。因而，除了副官、補給官以及少數親友知道外，村裡的鄉親父老，許多人尚不知陳國明已從軍報國，並已抵達台灣鳳山陸軍官校，接受為期一年的候補軍官訓練。唯一朝思暮想、念念不忘、有所不捨的，必然是撫養他長大的父母親吧！而蔡郁娟是否還在期待他復學呢？或是依然生著他的氣，從此不再理他？抑或是後悔那天沒有下樓見他、下樓後又沒有追上他？只有她心裡清楚，只有她自己最明白！

然而，又有誰會料想到，他們這一別，再相逢竟是五年後。五年，並非是一個短暫的時光，多少草木在五年裡成長、茁壯又枯萎；多少人在五年裡生老、病死又凋零。人生無常，世道蒼茫，活在這個短暫的人生歲月裡，還有什麼可計較的；儘管多數人有如此的想法，但人的感情，卻最容易被無情的歲月腐蝕。陳國明和蔡郁娟歷經五年的歲月變遷，他們在金中校園裡，那段純純的愛，是否已隨著時光的逝去而走遠，還是依然存在他們的心中……

第十七章

在陸官接受基礎的軍事訓練後，隨即展開分科教育。

陳國明選擇步兵，依然留在鳳山的步兵學校；楊平江選擇政工，必須前往北投復興崗；其他同學則分別進了裝甲、軍醫、化學、炮兵……學校，接受第二階段的軍事教育；從此一夥人各奔東西，只有靠著書信的往返，來連絡革命感情。

副官說得沒有錯，一年很快就過去了；陳國明已正式下部隊擔任排長，雖然短暫的軍事教育與實際的領導統御尚有一段距離，但他為人謙虛有禮，與排上的官兵相處融和，尤其時時懷抱著一顆學習的心，向排裡的老士官請教，畢竟他們是歷經沙場的老兵，無論戰技、帶兵，都有豐富的經驗；也因此讓他領悟和學習到許多課堂上學不到的東西。無論實彈射擊、班排對抗，戰技演練，都能發揮求實求精、從嚴從難的訓練精神；凡事也主動積極，率先躬行，深獲長官的賞識和器重，在晉升中尉不久，就調任副連長。

自從陳國明從軍後，陳家的生活狀況也明顯有了改善，二老除了能領取眷補費外，陳國明的薪餉幾乎都寄回家交給父母親，自己僅留下少許的零用錢。不久，他們家也正式從貧戶中除名，逢年過節，政府也會派人來發放慰問金，只因為他們家有一位從軍報國的中尉副連長。然而，從軍的這幾年來，他僅回家三次，而每次都是匆匆忙忙。心裡雖然惦記著蔡郁娟和其他同學，也很想找機會去看看他們，但一想到父親有做不完的農事，所有的假期都陪父親在山上度過。原先借住在他家的副官和補給官，在他第一次回來休假的前夕，已搬到美人山上新築的碉堡裡，不久就輪調返臺，從此未曾連絡和見面。

而恰巧，前些時在他休完年假，準備到料羅搭船返防的公車上，卻遇見了當車掌小姐的梁玉嬌。只見梁玉嬌穿著一套合身的灰色衣裙，一頂扁扁的小帽別在烏黑的髮上，揹著一個黑色的皮包，手持票剪，好一副神氣的模樣，與在學校時的三八狀，簡直判若兩人。那時，車上的乘客不少，幾乎都是清一色的軍人，梁玉嬌正忙著剪票、收票和補票，看她忙得強強滾，陳國明並沒有驚動她，當然她也沒有發現到他。

車站的鈴聲響起，梁玉嬌熟練地關上車門、吹了哨子，而後走進車廂的中間，尖聲地問：「有誰還沒有買票？」想不到她竟站在陳國明的身邊而不知。

「小姐，我！」陳國明說著，並沒有抬頭看她。但這聲音，對梁玉嬌來說似乎很熟悉。然而，梁玉嬌等了一會，卻不見他拿錢出來買票，不自禁地看了他一眼，陳國明也適時抬起頭，梁玉嬌竟顧不了形象，伸手搥向陳國明的肩頭，興奮又激動地說：「夭壽陳國明，你竟偷偷跑去當兵！簡直讓蔡郁娟想死啦！」車上響起一陣笑聲。

陳國明臉上一陣熾熱，趕緊問：「妳什麼時候當起車掌小姐啦？王美雯、林春花、何秋蓮、林維德和李秀珊他們都好吧？」

「怎麼不先問蔡郁娟呢？」梁玉嬌反問他，「其實大家都好，只有蔡郁娟不好。」

「為什麼？」陳國明緊張地問。

「因為她想你，想得快發瘋了！」梁玉嬌低聲地說。

「妳還是那麼三八！」陳國明低聲地笑著說：「她還在生我的氣，難道妳不知道？」

「騙鬼！」梁玉嬌白了他一眼，「人要有良心呀！」

「良心必須經過時光的映照，到時候妳一定看得到。」

梁玉嬌來不及回應他，走到前端，「白龍潭，有沒人下車？」她說著，雙眼在車廂裡巡了一下，而後吹了二聲口哨，公車靠邊停下，陸續下了好幾位客人，但並沒有人上車，一聲口哨過後，她又來到陳國明身旁。

「妳沒讀高中啊？」陳國明關心地問：「其他人呢？」

「除了我以外，當初常在一起的那群死黨，全上了高中。」她淡淡地，「你回來應該去看看蔡郁娟才對，同學一場嘛，難道你一點也不珍惜？聽說她父親的身體不大好。」

「坦白說，我是想去，」陳國明幽幽地說：「那年她故意不見我，我是含淚地走出她家大門的，梁玉嬌妳知道嗎？」

「她說她曾經出來追你呀，但你不但不停下，竟然頭也不願回！」

「梁玉嬌，我家雖窮，但我有我的自尊心啊！」

「女孩子畢竟是女孩子嘛，難道你這個大男孩就不能多一點包容？」陳國明笑笑，梁玉嬌神情嚴肅地問：「現在當了官，又長得帥，有女朋友了吧？」

「不談這些了，」陳國明依然笑著，「如果碰到我們那夥人，一一代我問好，下次回來一定去看他們。」

「包括蔡郁娟？」

陳國明沒有正面答覆，只是笑笑。

公車很快抵達了料羅港，旅客下車後，梁玉嬌又隨車而返。陳國明緩緩地走向候船室，枯坐了好久好久，始登上守候在港灣的軍艦。他獨自站在甲板上，看看遠方湛藍的海水，望望浯鄉巨巖重疊的太武山巒，內心充滿著難以言喻的離別情懷。霎時，蔡郁娟清純的身影，不約而來地浮上他的心頭，他的臉頰有涼涼的水珠在蠕動，不知是海水，還是淚水……

時間的確如行雲流水，一霎眼，役期即將屆滿。陳國明沒有和家人商量，內心也沒有任何的掙扎，他毅然簽下志願留營十年的同意書。他想留在軍中發展的意願十分強烈，長官的肯定、讚揚和嘉勉，讓他充滿著無窮的的信心和希望。當他從高級班受訓回來後，除了晉升上尉又調往野戰師擔任連長，他的前途絕對是亮麗的。當初承蒙副官的開導，以及父母雙親的恩准，讓他走向這條光明的人生大道。只要國家需要他，他勢必會義無反顧、無怨無悔地走下去，貢獻一份綿薄的心力。

在一個酷寒的冬季裡，陳國明隸屬的陸軍步兵第六十九師，突然實施人員管制，取消休假，演習動作頻繁，然而它屬於軍事機密，誰也不敢去問明原委。但一些經驗老到的老士官，卻心知肚明，這是準備移防的前兆，目的地絕對是外島金門，因為他們已從馬祖回來二年多了。陳國明聽到這個消息後，內心有數不盡的暗喜，從軍那麼多年來，終於能回到自己的家鄉，保衛這片曾經被共軍炮火摧殘過的土地。雖然這塊小小的島嶼已日漸堅強和牢固，但共軍無情的炮火卻時而加以騷擾，百姓依然過著膽顫心驚的日子，戍守在這塊島嶼的國軍弟兄絲毫不敢鬆懈，仍然高度警戒，時時備戰，以保護金馬台澎的安全。

軍艦在新頭碼頭搶灘後，陳國明頭戴鋼盔，揹著背包，S腰帶上掛著手槍刺刀和水壺，以行軍的隊伍往金城方向前進；他們連上的駐地，竟然是在榜林村的村郊，距離金城只有咫尺，上天是否有意拉近他與蔡郁娟之間的距離？還是讓他近鄉情更怯？

部隊安頓妥當後，陳國明只回家做短暫的停留，除了告訴父母部隊移防回金門的消息，也一併把他當連長的喜訊告訴他們。二老喜悅的形色溢於言表，只是任務在身，不能久留，又匆匆坐著吉普車回部隊。然而，他是否該利用時間，去看看蔡郁娟和阿伯阿姆呢？他的身心與理智依然相互地交戰著。屈指一算，五年了，五年的時光並不算短，或許蔡郁娟已是大學生了，而且有了要好的男朋友，他這個小連長又算得了什麼？

陳國明所屬的三營一連，總共有官兵一百多位，如以每日的副食費來計算，三菜一湯應該可以把伙食辦得很好才對，但總是不盡人意。雖然他未曾懷疑採買揩油，僅要求輔導長從中瞭解，但也在榮團會上說了重話：誰要是膽敢收取商家的回扣，再任由商家哄抬價格、剋扣斤兩，一經調查屬實，馬上嚴辦，絕不寬容！原來問題的癥結出在採買人員身上。為了貪圖方便以及經驗的不足，他們竟然把所有的貨物（包括魚肉和蔬菜）委由一家雜貨店代購，除了以高價購買一些次級品外，斤兩也明顯地不足。於是他重新組織伙食委員會，每天要先填寫「菜單設計及採買預定表」經過輔導長、副連長審核，連長批准，始能採購。購買後再依品名、數量、單價、合計製成「伙食公佈表」張貼公佈讓全連官兵週知。而陳國明也企圖想運用舊有的關係，看看是否能買到較經濟又實惠的貨物，好替全連官兵爭取一點福利。

「請問小姐，蔡伯伯在家嗎？」採買禮貌地問。

「有事嗎？」櫃台裡的小姐詫異地。

「我們連長交代，以後連上的雜貨要在你們店裡買，希望蔡伯伯能盡量算便宜點。」

「你們連長是誰呀？」

「對不起小姐，長官的姓名是保密的。」採買想了一想，「他是你們金門人。」

「你不方便說也沒有關係，」小姐笑笑，「我們是做生意的，只要來光顧誰都一樣。既然連長是我們金門同鄉，又認識我爸爸，我一定會給你們特別優待；除了價錢優待，品質也保證，這樣總可以了吧！」

「謝謝妳，小姐。」

「你把雜貨單給我，你們儘管去買其他的貨品，待你們買齊後，雜貨也替你們準備好了，可以節省很多時間。」

採買把經過連長批准的「菜單設計及採買預定表」遞給小姐，也就逕行去買其他的貨物。小姐起初並沒有注意，然而當她看見那工整又熟悉的筆跡與上尉連長陳國明的職章時，她久久不能自己，紅紅的眼眶裡有晶瑩的水珠，「陳國明，你終於回來了！但你只記得蔡伯伯，難道真把我蔡郁娟給忘了？」她心裡如此地吶喊著。

她交代雇來幫忙的小妹，要特別注意這個單位的貨品，不但斤兩要足，也不能有瑕疵品，所有的價格幾乎以成本價來計算，讓採買有剩餘的錢，做為月底的加菜金，好買些魚肉來犒賞這些勞苦功高的英勇戰士；更可讓全連官兵，肯定他這位連長的能力。或許，這是她唯一能替他做的一件事吧！甚至她也替他想過，青菜要找阿桃姐，豬肉要找火旺叔，魚要找龍文哥，她願意一一向他們打聲招呼。有了這些物美價廉的貨品後，如果廚房的炊事能用點心，相信他們連上的伙食一定能勝過其他單位。但繼而一想，她花費如此的心思，人家連長是否會領情呢？還是早已把她蔡郁娟忘得一乾二淨了？

五年了，從分離到現在，整整五年多了。想不到自己的任性，卻碰上他倔強的個性，任她淚流滿臉在後面追趕喊叫，依然不能讓他的腳步停下，如此的一別，竟是一千多個漫漫的時光。而今他回來了，他心中的蔡伯伯卻已遠赴天國，靈身已回歸塵土，再也永遠見不到他了。在父親往生後，她不得不輟學來繼承這份事業，不得不撐起這個家，不得不勉為其難當起老闆，而他是否還記得，要當她伙計的諾言？還是隨著歲月的更迭，已全然把它忘記……

「小姐，我們連上的雜貨都準備好了嗎？」採買站在櫃台前問。

「好了，好了，」她趕緊站起，「回去告訴你們連長，蔡伯伯已往生一年多了，謝謝他還記得我們家，也謝謝他在生意上的照顧。」說後把帳單遞給採買，「這些雜貨都是以接近成本價來計算，你回去可以和以前的帳單對照一下，一定便宜很多。」

「謝謝妳，小姐，相信全連弟兄都會感激妳的。」採買付了錢，正準備離去，她突然撕下一張白紙，寫下：「連長：君無戲言」短短的幾個字，並沒有簽上自己的姓名，「這張紙條請交給你們連長。」採買接過紙條，迷惑不解地看看她。「麻煩你了。」她又說。

採買回應她一聲：「不客氣。」

陳國明從採買口中得知蔡伯伯已往生的消息，內心的確有難以言喻的悲傷。他是否該去採望蔡伯母呢？面對採買帶回來的這張紙條，更讓他有六神無主之感。當蔡郁娟得知他已志願留營十年，不能實踐當她伙計的諾言時，不知會有如何的感想？是繼續生他的氣？還是永遠不理他？抑或是肯定他為國奉獻的義舉？或許，他無權做任何的臆測，也不必有過多的聯想，一切順其自然吧！於是，他在紙上寫著：「小姐：言出如山」由採買轉交來回應她。

然而，隨著伙食的改善，隨著伙食競賽的得獎，隨著內心的掙扎，隨著日夜的思念，陳國明拋棄了男性的自尊，他利用年度休假，暫時脫下軍裝，除了幫父親的農務外，他唯一想的就是到后浦找蔡郁娟。

那天正好下著雨，山上的農事必須停頓，這似乎也是農人唯一的假期。陳國明把長久壓抑在內心的事，毫不掩飾地向父親稟告。父親說：「你該去看看人家；別讓人說我們鄉下人無情無義。」

「阿爸，五年了；雖然離開家鄉那麼久，但似乎並沒有減少我對他們的想念。」

「想念是不能用說的，它必須要有實際的行動，」父親慈祥的臉龐，流露出無數的深情，「與其說上一百句想念，還不如親自見她們一面。」

「蔡伯伯他死了。」陳國明有些感傷。

「如今剩下她們母女，你更應該去看她們！去關心她們！」父親有些激動。

陳國明點點頭，卻也點出一位革命軍人說走就走的率性。父親依然為他準備了一些安脯糊和安薯籤，讓他順便帶去。他也告訴父親，如果雨太大，他將就近回部隊，明天再回家。

雨，一直落，絲毫沒有停的意思。

陳國明無視於滿地的泥濘，在金城車站下車後，直接往右邊的斜坡走。這條路對他來說並不陌生，雖然五年沒有走過，但卻有他青春歲月的身影存在著，讓他倍感親切。然而蔡家就在眼前，他的腳步也相對地沉重，是什麼因素阻擋他邁開腳步的勇氣？是傘上的雨水？還是眼裡的淚水？是革命軍人的自尊？還是男人的軟弱？或許，什麼都不是，他已站在蔡家的店門前。當蔡郁娟無意中發現他時，訝異地從櫃台裡走出來，他們四目相望，神情凝重。

久久，終於蔡郁娟出了聲，「你是要自己進來，還是我出去牽你？」那聲音隱藏著無數的深情，但也有些許的埋怨。

他們無言地面對著，眼裡閃爍的是五年前那段純純的愛？還是別離後的相思意？淚水在他們微紅的眼眶蠕動。蔡郁娟緩緩地走出去，眼眶噙著淚水，姿態低而柔軟，深情地牽起他的手，轉身往裡走、往裡走……陳國明突然停頓住腳步，雙手環過蔡郁娟的腰，緊緊地把她摟住；他摟住的是一個美麗而成熟的少女身軀，她擁抱的是一個流著革命軍人血液的體魄。然而，窗外風雨依稀，五年的相思淚也在激情過後流盡，黑夜已走到它的盡頭，他們期待的是悅耳的黎明鐘聲，亦是往後的永不再分離！

陳國明燃起一炷清香，又向阿伯磕了三個響頭，他向阿伯承諾的，依然是願意做蔡郁娟的伙計，但不是現在。阿姆午睡醒來也下樓了，老人家緊握他的手，彷彿握住的是一個美好的希望。

「聽說你去當兵了，阿姆真的好想你啊，」阿姆說著說著，慈祥的笑容裡，有一絲不捨，「這些日子還好吧？」

「阿姆，我也非常想念你們，可是今天來晚了一步，無緣再見阿伯慈祥的容顏，聆聽他的教誨。」陳國明有些兒感傷，「這是我此生最大的遺憾。」

「你阿伯在病中，還經常地惦念著你呢？」阿姆幽幽地說：「他始終相信，有一天你會不記前嫌，回到這個家和郁娟攜手共創未來。今天終於讓我們盼望到了，如果他地下有知，也會高興的！」

「阿姆，我今天既然有勇氣踏進蔡家大門，相信不會讓您失望的！我也相信，郁娟永遠會是我的好老闆！我們也會回復到五年前那份如兄如妹，既是好同學又是好朋友的感情！相互鼓勵、相互照顧、相互鞭策，絕不再鬥氣！永不再分離！」

「好，這才是我的好孩子！」阿姆慈祥的眼神，流露出一份滿意的微笑。而蔡郁娟呢，是否滿意陳國明此刻的承諾？從她充滿喜悅的臉龐，從她含笑的唇角，從她內心散發出來的那股青春氣息，她不僅滿意此時，對未來也充滿著無比的信心和希望！只因為她心中那位不可或缺的伙計，已回到她的身邊，又重新進入她生活的領域裡。

那晚，雨始終沒有停的意思，蔡郁娟說要提早打烊，陳國明依然熟練地把騎樓下的貨物搬了進來，並一一排列整齊，看在蔡郁娟眼裡，的確有滿懷的喜悅在心頭，但也不忘開開他的玩笑，「辛苦了，連長！」

陳國明看看她，看她那迷人的雙眼，看她頰上深深的酒渦，看她高挺的鼻樑下二片薄薄的唇，「老闆，只要妳高興，再辛苦也是值得的。」陳國明笑著說。

晚餐時，阿姆炒了好幾道菜，它的口味與廚房的大鍋菜是截然不同的，他們吃得津津有味，阿姆卻始終沒有胃口，一會就離桌，逕自上樓休息。蔡郁娟從貨架上取來一瓶扁瓶的龍鳳酒，笑著說：「連長，在軍中那麼多年，酒量應該不錯吧？」

「說來可笑，我曾經醉倒在保力達B加米酒裡。」陳國明笑著說：「剛下部隊當排長時，幾位老班長為了歡迎我，特別加了幾道菜，買了紅標米酒對保力達B請我喝，初嚐時感到甜甜的並不在意，前後喝了將近一大碗，不僅喝得滿臉通紅，胃也開始翻攪，頭也開始痛，最後是吐得一塌糊塗。」

「驚死人，」蔡郁娟皺皺眉頭，「後來呢？」

「老班長扶我上床睡覺，」陳國明有些感傷，「而我卻翻來覆去睡不著。我想起在田裡辛勤耕作的父母親，我想起不願見我的蔡郁娟；因此，我哭了，那也是我在異鄉流下的第一滴淚水。」

「對不起，連長，」蔡郁娟倒了二杯酒，而後舉起杯，獨自啜了一小口，「實際上，這些年我也不好過，除了喪父之痛外，中途也輟了學。當我接下父親的工作，每天把貨物搬出搬進時，心裡經常想：如果有陳國明在身邊多好，相信他會幫我搬的。但他畢竟走了，以為從此各奔東西，永遠不會再相見了！」

「那時，我心裡雖然難過，但始終沒有怨恨，因為我知道妳是誠心誠意想幫助我，而不是可憐我。」

「只要你能瞭解就好。」蔡郁娟神情黯淡地看看他，「那天我在校園裡到處找你，碰到熟同學就問：有沒有看見陳國明，簡直像瘋子一樣，有誰能體會到我那時的心情？放學回家後，晚飯也沒吃，蒙著頭，整整哭了一晚上。」

「休學的那年，我賣燒餅油條和枝仔冰，賺足了學費，準備復學做妳的學弟，也好延續我們如兄、如妹，是好同學、也是好朋友的深厚感情。但副官的一席話卻改變了我的一生，他鼓勵我從軍報國。」

「別人一席話就能改變你一生，我的話你卻不願聽？」她有些兒激動。

「對不起，老闆，」陳國明突然舉起杯，一口飲下杯中酒，「伙計願意承擔所有的過錯！」

「要死啦，」蔡郁娟白了他一眼，「酒不能這樣喝的，等一下不醉才怪！」

「老闆，五年了，」陳國明繼續說：「五年不是一個短暫的歲月，然而，五年後的今天，當我們一見面，就能回復往日那段美好的時光，由此可見，我們在青春時期孕育出來的那段感情，是多麼地深厚和可貴啊！」

「你今天才領悟到是不是？」

「以前我連想也不敢想！」

「坦白告訴我，在台灣那麼多年，有沒有女朋友？」蔡郁娟說後，聚精會神地聆聽著。

「想替我介紹的多著呢，」陳國明有些兒神氣，「但我心中只有老闆妳一人。我也相信：老闆之心似我心。」

「陳國明，你長大了，你真的長大了！」蔡郁娟興奮地叫了起來，而後恢復了平靜，「五年前我們還小，只能把這份愛，默默地記在心頭；五年後的今天，我要大膽地說聲：陳國明，我愛你！我愛你！」

「蔡郁娟，我們的確是長大了；以後妳不必親我的臉頰，我們可以親嘴了！」

「你這個膽小鬼，都過了五年啦，怎麼樣樣還記得？」

「那段時光，是我們此生中最甜蜜的回憶；我們要珍惜啊！」

「是的，我們要珍惜！」蔡郁娟興奮地舉起杯，「我敬你，但我也必須向你保證，今晚如果喝醉了，絕不親你的臉頰。」她一飲而盡。

「堂堂革命軍人，渾身是膽，」陳國明拍拍胸脯，「只因為在我身旁的不是別的女人，而是願意和我相扶持、相偎依的蔡郁娟！」

「五年沒說的話，不要急於現在說完，往後的日子還長呢！」

「往後的日子雖長，但我們必須要有心理上的準備，」陳國明沉思了一會，「身為軍人，居無定所，或許將來分離的時間會比相聚時長。一旦部隊調回台灣，要三個月才能回來休假十天。蔡郁娟，真到了那個時候，我會想死妳的！」

「五年都沒有讓你想死，我不信三個月會想死你！」

「那是不一樣的。」

「為什麼不一樣？」

「前五年是考驗我們的愛情，往後我們面對的是愛情的最高昇華，」陳國明認真地說：「蔡郁娟，我們都是成年人了，我需要妳，妳也需要我，對不？」

「現在我們算不算成年人？」

「當然算！」

「為什麼你現在就不需要我，以後就那麼地需要？」她逼人地問。

陳國明無言以對，臉上感到有點兒熾熱，是不是喝了一點酒呢？倒也不盡然。

「堂堂革命軍人，渾身是膽，為什麼不說出一個讓人信服的理由？」

陳國明突然站起，走到她的身邊，低頭俯在她的耳旁，細聲地說：「那是不能說的啊！」

「少在本姑娘面前裝神秘。」蔡郁娟笑著，輕輕地捏了他一下，「報告連長，在人生這個舞台上，我們要學習的還多著呢？雖然五年沒見面、沒說話，但不知怎麼的，我們的感情不僅沒減反增，幾乎是愈談愈高興，愈談愈起勁！」

「蔡郁娟，那是因為我們已經有了愛的根基以及坦誠的心胸，所以能營造出歡樂的氣氛；把這個雨夜點綴得更美好、更浪漫、更富有詩意！」

「坦白說，基礎固然重要，但雙方更應該有所堅持，如此之愛才能恆久。」蔡郁娟微微地嘆了一口氣，「林維德和李秀珊他們分手了。」

「他們不是從小學就在一起嗎？」陳國明訝異地，「為了什麼？」

「林維德變了，上高一時竟然追起一位剛從台灣轉學來的外省女生；愛哭的李秀珊，卻突然間變得很堅強，連一點淚水也沒流，因為她已看透了林維德。」

「青梅竹馬的一對戀人，竟然那麼禁不起考驗？」陳國明有點兒惋惜。

「誰能像我們，一個不願下樓，一個不願回頭的小冤家，經過五年的分離，竟又那麼自然地聚在一起，這不僅是緣分也是奇蹟。」蔡郁娟內心有些兒暗喜。

「不錯，我們一年的深情，勝過他們青梅竹馬。除了那些以外，我們心中似乎也多了一份堅持。」陳國明心中也湧起了一份無名的喜悅，「不過以妳的美貌，這五年來沒人想追妳，我是不相信的。」

「五年前是我追你，還是你追我？」蔡郁娟反問他，

「我們的感情是自然地衍生。」陳國明笑著說：「從當初純純的愛，到現在深深的愛，五年的分離是我們最好的考驗。」

「不錯，就是這樣才叫著愛，」蔡郁娟認真地說：「愛，就是要相知相惜，相互瞭解，讓感情自然地衍生；如此之愛，才能恆久，才禁得起考驗；而不是用一個『追』字就可論斷的，知道嗎？」

「老闆，聽君一席話勝讀十年書，」陳國明愜意地，「或許，五年沒談的戀愛，我們要在今晚把它談完。」

「連長，錯了，」蔡郁娟笑著，「這輩子鐵定跟你沒完沒了，想談的何止是這場戀

愛，更重要的是我們心與心的交融和契合。」

陳國明心有同感地笑笑，而窗外依然風雨交加，短時間似乎是不會停的。「收收碗筷吧，雨是沒有那麼快停的，我也該回去了。」陳國明站起身說。

「回哪裡，你不是休年假嗎？」蔡郁娟急遽地問。

「我已告訴過我爸，如果雨繼續下的話，我就就近回部隊住一晚，明天天晴後再回家。」陳國明解釋著說。

「革命軍人嘛，這點風雨算什麼？」蔡郁娟冷言冷語地說。

「不回去也不行。」陳國明看看她。

「為什麼不行？」蔡郁娟有些激動，「為什麼就不能住在這裡？是不是屋子小，容不下你這位大連長？還是沒有傳令兵來服侍你？」

「總是不大方便嘛。」

「請問連長，什麼地方不方便？」蔡郁娟不悅地，「只要你能說出一個讓我心服的理由，我就開門讓你走！」陳國明沒有回應，面無表情地看著她，「別以為你這個連長是鋼打的、鐵鑄的！風雨這麼大，傘都撐不住；淋著那麼大的雨回去，不感冒才怪！」

「好吧，」陳國明不再堅持，「反正離宵禁還早，等一下看情形再說吧！或許洗完碗筷，風雨就停了。」

「話先說在前頭，除非在宵禁前風不再吹、雨不再下，」蔡郁娟指指他，警告著說：「要是你膽敢冒雨走出家門一步，別怪我蔡郁娟無情！」

「別那麼歹死好不好？」陳國明有點兒軟化。

「不信你試試看！」蔡郁娟咬牙切齒地說：「我就不相信好心沒有好報！」

陳國明默默地幫她收拾碗筷，時而看看她那倔強的眼神。五年前親眼目睹她那份堅持，五年後的今天依然如故。然而，她基於什麼？想得到的又是什麼？難道上蒼只會愚弄人，好心真的沒好報？他是否願意接受這份盛情和關注，還是重蹈五年前的覆轍，一去不回頭？陳國明的內心陷入一片無名的迷思，口中喃喃地唸著：「人生又有幾個五年？」

「別老是把人家的好意當惡意。」蔡郁娟白了他一眼，低聲地說。

陳國明再次地望望窗外，依雨勢來看，這場雨明天也落不完，遑論是現在，與其讓她傷心地離開，何不讓她高興而留下來。倘若真走出她的家門，這份情誼必然也會失去，往後他勢必無顏再踏進蔡家的門檻。

收拾好一切，壁鐘已叮噹叮噹地響了九下，屋簷下的水流管子，像一個悲傷的老婦人，讓這個雨夜增添了一些淒涼感。

「連長，想通了沒有？」蔡郁娟拉著他的手，走到窗前，看著那漆黑的大地，聽那淅瀝淅瀝的雨聲，「如果想通了，我們就上樓；如果還沒想通，你就站在窗前等雨停。」

「老闆，」陳國明低聲而感性地，「如果現在出了一個大太陽，我也不走了。」

蔡郁娟一轉身，把整個臉偎依在他的胸前，雙手緊緊地抱住他，而後用她那柔軟的小手，輕輕地揉搓著陳國明的背部，一遍遍，不停地揉搓著。陳國明的手卻穿過她的腋下，游移在她的腰際和豐臀間。終於她仰起頭，以一對明晶晶的大眼看著他，雙手勾住他的脖子，在他的臉上輕輕地舔著舔著；她舔的是一個樸實可靠的時代青年，她聞到的是一股成熟的男人體香。五年前含淚地分離，讓她傷心失神，五年後的再相聚，竟是那麼地甜如蜜，此刻她置身的，不知是現實的時空裡，還是在那虛無飄渺的睡夢中？

然而，陳國明的心中更是熾熱難忍，他的血液快速地在那充滿著青春氣息的體內奔馳，他想擁有她、佔有她。此時，他聞到的是一股少女的幽香，他撫摸的是一個軟綿綿的少女胴體，在微弱的燈光下，依稀可見她那白裡透紅的膚色，楚楚可人的姿態，撩人的雙眼，他已情不自禁地低下頭，吻著她那二片火熱的香唇，滾燙的舌尖已伸入到她的嘴裡，而她竟是那麼神速地來相迎，兩人的舌尖已捲在一起，時而在雙方的舌上舌下蠕動著。他們壓抑著即將燃燒起來的慾火，只因為革命軍人的膽量在戰場，而不是在這個富有羅曼蒂克的雨夜裡……

「連長，你不是說革命軍人渾身是膽嗎？」蔡郁娟把頭埋在他的胸前，低聲地說：「你的膽量呢？」

「老闆，雖然我們已通過五年的感情考驗，但今晚的考驗卻比五年還重要、還漫長；我們不能貪一時的歡樂而失去原則，必須把最美好的那一刻，留到未來的新婚之夜。」

「我佩服你，你的理智勝過情感，」蔡郁娟微微地把他推開，「革命軍人四海為家，以後讓我更放心了。」她挽著他的手，深情地看看他，「我們上樓休息吧，明天還得早起呢！」

他們緩緩地步上樓梯，樓上似乎與五年前有所改變，或許是剛裝潢過，然而他並沒有問她，一切就由她來安排吧！

「先講好，我是不敢自己一個人單獨睡的。」來到她的房間，陳國明開玩笑地說。

「你在連上跟誰睡？」她不解地問。

「睡通鋪，外面有衛兵。」

「你是要我陪你一起睡是嗎？」她已洞察到他的心意。

「當然。」

「這還有什麼問題，」蔡郁娟笑著，「不過我經常會做惡夢，有時雙腳會亂踢，如果你不介意會把你踢下床的話，你現在就把房門關好，我陪你一覺到天明吧！」

他們彼此放聲大笑，想不到五年後的今天再重聚，內心竟然沒有任何的糾葛，彼此擁有的，是無所取代的深情。或許，這個美好的氣氛，就是真情的流露、誠心的展現吧！

窗外的風雨依舊，但總有天晴的時刻，他們衷心地期待著、盼望著……

第十八章

凌晨，陳國明在睡夢中被蔡郁娟喚醒，只見蔡郁娟已梳洗完畢，站在他的房門口，「我先下樓開店門，你洗好臉再下來。」蔡郁娟說。

「不，我先幫妳開店門，把東西搬出去後再上來洗臉。」陳國明說後，沒等她的回應，快速地走下樓，拆下門板，依序扛到屋內的樓梯下放好，復又把收進來的貨物搬出去，的確把伙計的角色發揮得淋漓盡致，看在蔡郁娟眼裡，她能不高興嗎？不一會雇來幫忙的兩位小妹也來了，用一對疑惑的眼神看看陳國明，但她們並沒有做任何的聯想，是老闆的什麼人，似乎與她們毫不相干。

「我上樓洗完臉再下來。」陳國明對坐在櫃台裡的蔡郁娟說。

「不先喝口茶？」蔡郁娟含情脈脈地看看他。

他搖搖頭，深情地對她笑笑。然而當陳國明重新下樓時，店門口已擺滿著許多大竹籃，有師部連、團部連、營部連、炮兵連、防炮連、小艇隊、成功隊、幹訓班、第一連、第二連……只見她們個個忙得團團轉。陳國明也適時加入她們的行列，見到什麼貨品快賣完了，就主動到倉庫搬來填補，似乎真的把這裡當成自己的家啦。

「報告連長，」驀然，一個穿雨衣的士兵向他敬了舉手禮，「您不是休假嗎？怎麼這麼早在這裡？來買菜？」

陳國明笑笑，原來是連上的弟兄，他順便倒了一杯茶遞給他，「先喝杯茶，」卻突然發現，「怎麼只你一個人？」

「報告連長，謝武雄去買魚，」採買接過茶又好奇地問：「這是您的家？」

陳國明沒承認，也沒否認，只微微地向採買笑笑。然而，櫃台裡的蔡郁娟，卻等著看陳國明如何的來回答這個問題，兩位小妹也想知道他和老闆的關係。

「這位小姐是您的妹妹？」採買喝了一口茶，低聲地問。

陳國明雖然有些不悅，嫌這個弟兄多嘴，但畢竟他也是出於一番善意，「不，她不是我妹妹，」陳國明瞄了蔡郁娟一眼，並沒有多加考慮，竟脫口而出，「她是我老婆！」蔡郁娟臉上一陣熾熱，假裝沒聽到，而心中卻掠過一陣無名的喜悅，羞澀地低著頭，看著各單位的菜單，輕輕地撥著算盤，算她的帳。兩位小妹卻看傻了眼。

「什麼？」採買訝異地看了蔡郁娟一眼，輕聲地對陳國明說：「連長，夫人不僅端莊美麗，氣質又好，您真有福氣！」

「普通啦，」陳國明淡淡地回應他，故意地看看腕錶，「時間不早了，天氣也不好，還有什麼菜沒買的，趕快去買，別讓廚房等太久。」

「報告連長，謝武雄買完魚後就等雜貨了。」採買說。

「小妹，步一連的雜貨都準備好了吧？」蔡郁娟柔聲地說：「如果好了，就幫他們抬上車。」

「好了。」她們齊聲地說。採買走到櫃台結帳，卻情不自禁地多看了老闆娘一眼，萬萬沒想到，連長的老婆竟是那麼地年輕、那麼地漂亮。

採買走後，陳國明走到蔡郁娟身旁，喃喃地說：「這些小兵真囉嗦。」

蔡郁娟舉頭看看他，眼裡閃爍著一道幸福的光芒，低聲地說：「他沒有問錯，你也答得很爽快。」

「話一說出口，就收不回來了。」陳國明笑笑，「妳不會介意吧？」

「這句話如果是在五年前說，的確是有點唐突；五年後的今天，卻讓我感到窩心，幸福似乎離我們愈來愈近了。」蔡郁娟依然低聲地，「我很高興你說出心中想說的話。」

八點過後，採買幾乎都已採購完畢，熱絡的市場也回復平靜。有些商家甚至僅做早市的生意，一散場就順便關上店門。今天仍然是雨天，關起店門的商家更多，兩位小妹也各自回家了。

「等一下我們把店門關了，我帶妳回老家？」陳國明說。

「真的！」蔡郁娟興奮地，「五年沒去了，說不想念是假的。」

「那年妳是哭著回家的，今天我要讓妳高高興興地走在老家的小路上。」

「報告連長，廢話少說，你把貨物搬進來，然後關門；我去告訴媽一聲，換件衣服，說走就走！」然而她走了幾步，又轉回頭說：「想帶點什麼，你自己挑、自己拿，別小兒科！」

陳國明眼見她像鳥兒般地雀躍，心中的確有滿懷的感慨，五年前那份純純的愛，畢竟禁得起歲月的考驗，始有今日的情景，相信他們都會珍惜的。

蔡郁娟穿了一套輕便又休閒的服裝，還刻意地化了淡粧，更顯出她的青春和俏麗。

「哎喲，下雨天穿那麼漂亮幹什麼呀？」陳國明仔細地打量了她好一會，笑著說。

「見公婆啊！」蔡郁娟故意擺了一個俏皮的姿勢，笑著說：「不行嗎？」而後四處看了看，「我們帶什麼東西回去呢？」陳國明不動聲色，蔡郁娟板著臉說：「搞了半天，一樣也沒拿。」復又指著貨架下，「快把那個紙箱拿來！」

「我看什麼也別帶……」陳國明還沒說完。

蔡郁娟搶著問：「什麼意思？」

「我爸總是說：歹勢啦。」

「老人家嘛，他們依然守著傳統上的美德；你帶安脯糊來，我媽也是說：歹勢啦。」

她說著、說著，手卻不停地拿起檯面上的金針、木耳、香姑、蝦米、小魚脯、鰻魚干……，分門別類裝在塑膠袋，再往箱子裡塞。

「夠了、夠了，再塞，等一下就提不動啦！」陳國明阻止她說。

「革命軍人嘛，如果連這幾斤東西都提不動，還能扛得動槍炮？還能打仗？」她白了他一眼，不屑地說：「真是的！」

陳國明笑笑，向阿姆打過招呼後，兩人親密地撐著一把傘，走在細雨霏霏的民族路上。他們再也不必像五年前，搭乘那部老舊的客運車到沙美，而是坐著簇新的公車到達山外再轉車。

「妳知道梁玉嬌當車掌小姐嗎？」陳國明說：「上一次休假回來，就是坐她的車到料羅搭船的。」

「阿嬌被人騙了，」蔡郁娟小聲地說：「她在山外當車掌時，交了一個憲兵，那個沒良心的憲兵早已在台灣娶妻生子，卻騙阿嬌說還沒結婚。在他臨退伍的前夕，阿嬌禁不起他甜言蜜語的誘惑，竟然和他發生了關係。後來阿嬌發現自己懷孕了，不得不辭職到台灣找他，才拆穿他的謊言，但為時已晚。總算那個憲兵良心尚未泯滅，把阿嬌安置在一間草寮裡待產。阿嬌幾乎傷心欲絕，一度不想活了，經過許多人的安慰和開導後，情緒始逐漸地緩和，已不再那麼地失控。」

「想不到一向樂觀的阿嬌，竟會淪落到這種下場。」陳國明突然一笑，「那年坐她的車時，她竟然在車上，大聲地嚷著：『夭壽陳國明，你竟偷偷跑去當兵，簡直讓蔡郁娟想死啦！』她說後，幾乎讓全車人笑個半死。」

「你怎麼回答她呢？」

「我知道蔡郁娟不會想死我的，」陳國明看看她，「所以只問她一些無關緊要的事，也答應她下次休假回來，要去看看幾位老同學，想不到短短的一年半載，事情的變化竟是那麼大，真讓人替她難過。」

「唉，」蔡郁娟嘆了一口氣，「古人說：一失足成千古恨，用這句話來形容阿嬌最貼切不過了。」

「王美雯她們現在怎麼樣了？」

「林春花和何秋蓮上了大學，王美雯在政委會，林維德讀夜大，李秀珊在小學當代課老師。」

「蔡郁娟，人生的確有許多事讓我們意想不到，」陳國明轉過頭，對著她說：「嘉義鱸鰻竟然也從軍報國了，我們同在鳳山受訓，分科後他到北投的政工幹校就讀，如果沒有意外，現在也是上尉了，想當年他也想追妳呢！」

「他去死啦，看他那副德性就討厭！」

「現在可不一樣了，在鳳山受訓時，受到他的照顧很多。」

「幸好沒有把你帶成『鳳山鱸鰻』，要不金門這塊地盤，就由嘉義鱸鰻和鳳山鱸鰻一起來霸佔了。」她說後，竟笑了出來。

「果真如此的話，保護費還沒收到，已被送到『明德班』管訓了，讓祖宗三代也蒙羞。蔡郁娟小姐也不會跟一個鱸鰻坐在一起，對不對？」

「知道就好。」

他們在山外車站下車復轉車，走了一小段路，回到陳國明家已臨近中午。蔡郁娟一進門，興奮而連聲地叫著「阿伯、阿姆」，只見陳國明的母親，握住她的手久久說不出一句話來。

「孩子，自從國明去當兵後妳就沒來過，我和妳阿伯經常惦念著妳呢！」母親慈祥的眼裡，閃爍著一絲無名的淚光，「妳不僅長高、也漂亮了！」

「阿姆，我也經常想念著您和阿伯，」蔡郁娟似乎有滿懷委曲地，「可是國明他要去當兵也不告訴我，回來休假也不願去找我，我以為這輩子再也沒機會來了。」說完後，竟伏在母親的胸前，悲傷地哭泣著。

「孩子，別難過，」母親拍拍她的肩，「今天來了也不遲，這扇大門永遠為妳開著。」

「我以後還要來幫阿伯阿姆種田。」蔡郁娟擦擦淚水說。

「真的？」母親高興地，又有一絲擔心，「種田是很苦的。」

「我不怕苦！」

「孩子，妳有這片心，我就心滿意足了，」母親滿意地笑笑，「農家雖苦，但絕對不會讓妳受苦的。」

她們相視地笑笑，一起走到大廳。蔡郁娟把帶來的紙箱打開，取出裡面的貨物，放在八仙桌上，對著母親說：「阿姆，這些都是剛批進來的貨，您要趁著新鮮煮來吃。」

「每次都帶那麼多東西來，實在真歹勢啦。」母親客氣地說。

「阿姆，您別這樣說，這些都是店裡賣的東西，值不了多少錢。」

「那總是要本錢的。」

「明天一早，店門一開，很快的就把它賺回來了。」

「但那畢竟是辛苦錢啊，」母親愛憐地說：「一個女孩子家，小小的年紀就挑這副重擔，的確讓人不捨呀！」

「國明答應以後要幫我的忙。」

「但願你們能相互扶持。」

「阿姆，您放心，經過五年的考驗，我們的感情會愈來愈好，不會讓您和阿伯失望的。」

「這就好，這就好！」

天空依然飄著細雨，地上的泥濘，樹梢上滴落的小水珠，遠方薄薄的霧氛，把這個小小的農村點綴成一個怡人的仙境。午飯後，他們撐著傘，緩緩地漫步在通往紅墩頂的小路上。五年前來時是一個黃毛丫頭，此時已是婷婷玉立的大小姐，然而，他們彼此相愛的心，卻永遠沒有改變。不久之後，這位繼承著蔡家百萬家財的大小姐，是否真能成為這個村落的一員？還是繼續接受無情歲月的考驗？

他們步上一個小山坡，雨絲隨風飄在他們愉悅的臉上，田野一片蒼茫，田埂上沒有放牧的牛羊，田裡也沒有耕種的農人，雖然缺少讓人心曠神怡的田園風情，卻讓在雨中漫步的情人們，感受到那份寧靜的氣息。

「來到這裡，站在這個小山崗，我的整個人彷彿要飛起來似的，讓我感到無比的舒暢。」蔡郁娟看著遠方那片白茫茫的山巒，心有所感地說。

「五年來，雖然我們錯過許多美好的時光，但卻換取我們深厚的感情。」陳國明說著，把手輕輕地放在她的肩上，「阿母不是告訴過妳嗎，今天來了也不遲，大門永遠為妳開著。或許有一天我必須隨部隊移防……」

「要是你不去當兵多好！」蔡郁娟微微地抬起頭，深情地看看他，「我迫切地想要嫁給你！」

「我也有同感，要快一點把妳娶回家！」陳國明低著頭，同樣以一對深情的眼神看著她，「十年的役期說長不長，說短不短。一旦想結婚，還要經過許多關卡，首先要提出申請，再接受調查和輔導，俟上級批准後才能結婚。而且還要等到部隊調回台灣，在前線只能發昏，不能結婚！」

「如果當初你聽我的話就好了。」

「那也不一定，世事總讓人難於預料。我深深感受到，五年後的今天再重聚，我們的感情比相處十年還深厚，這是值得慶幸的。」陳國明說後，竟緊緊地把她摟住，「蔡郁娟，從我們認識到現在，儘管五年沒見面，但我愛妳的心永遠沒有改變。」

「陳國明，我何嘗不是也如此，」蔡郁娟仰起頭，用一對深情的眼睛看著他，「或許，這也是我們引以為傲的一件事！」

「往後的時光，相信我們會比現在更甜蜜。」陳國明輕輕地在她的髮上吻著吻著。

「身為軍人，居無定所，當有一天妳成為一個軍人的妻子，必須要忍受孤單和寂寞，意志更要堅強，知道嗎？」

「如果當初你聽我的話就好了。」她重複地說，內心的感歎，只有她知道。

「或許，這件事是妳心中永遠的痛，」陳國明用手指頭輕輕地彈著她的肩膀，柔聲地說：「就算靠妳的資助讀完初中，未來還有高中和大學，我依然得靠妳的資助才能把它讀完。雖然妳家裡有能力來負擔我的學費，但我們非親非故，錢又不是妳賺來的，一分一毫仍然要向妳爸伸手，只憑藉著我們那份純純的愛，我怎麼忍心增加妳的負荷。」

「是我爸答應的。」她辯解著，「我爸說：一個早上賺的錢也不止那幾百元。」

「謝謝阿伯對我的厚愛，如今想報這份恩情也沒有機會了，」陳國明心中似乎有無限的感慨，「蔡郁娟，我願意為當初沒聽妳的話，說聲抱歉。這件事就彷彿是天空飄落下來的雨絲，讓它回歸到塵土，讓它從我們的記憶中慢慢地淡忘。未來的歲月，才是我們該珍惜的！」

「你是嫌我囉嗦，像個老媽子嘮叨個沒完？」

「這輩子又能遇見幾位，像妳那麼美麗又關懷我的老媽子？」

她滿意地笑笑，而在這個怡人的笑靨裡，彷彿又有一絲淡淡的輕愁，「你是說，在前線不能結婚？」

「是的。」

「那我們要等到什麼時候？」她顯然地有些失望。

「等我輪調回台灣，」陳國明幽然地說：「妳願意等我嗎？」

「五年來我無怨無悔地在等待，有時自己的心裡也感到茫然，擔心會落空。」蔡郁娟感傷地，「尤其在父親往生的那段期間，屋裡只剩下我們母女，那時我夢想著你會突然地出現在我的面前，像平常一樣叫我一聲：蔡郁娟，幫我搬東西、上門板，做我精神上的支柱和依靠，讓我有安全感。」她仰起頭，深情地看看他，「陳國明，有希望的等待總是美的，我願意等著你來陪我，一起走向紅燭高照的結婚禮堂。」

「蔡郁娟，距離這個日子不會太遠的，我們的美夢不久就能實現。」他們移動著腳步，緩緩地往前走……

第十九章

陳國明連上剛接受過營測驗，緊接著又趕築反空降堡以及支援某高地的坑道鑽鑿工程，它的任務視同作戰，在有限的人力調配下，必須日夜趕工，限期完成。尤其是坑道鑽鑿開挖，更是艱鉅危險，除了必須防止未爆的引信和炸藥外，突如其來的落石更讓他們膽顫心驚，裡裡外外彷彿埋著一顆不定時炸彈，處處不得不小心、不注意。

在夜間工作上，除了負責清運的大卡車必須開啟燈光照明外，坑道裡外難免也會有燈光外洩，幾天下來後，似乎已引起共軍的注意，連續打了好幾次宣傳彈，落點就在坑道的附近，雖然沒有造成人員的傷亡，但卻不能不加以防範，任誰也不敢保證，共軍不會以實彈來干擾、來攻擊他們。

或許，革命軍人的天職在沙場，但在尚未與敵人做殊死戰的同時，築工事、建碉堡、鑿坑道、挖壕溝，加上平時戰技演練、班排對抗、射擊和測驗、攻擊和防禦，以及連上一些例行的行政業務……等，身為連長，除了以身作則外，他的工作份量和精神負擔，往往要超人幾倍，更談不上有什麼假可休，這是不容否認的事實。一個月下來後，陳國明身心俱疲，強壯的身體，終究也不堪負荷。

那天，吃過午飯，他向營長請了半天假，除了回家看看父母外，他頭戴鋼盔，腰佩手槍，要駕駛直接把車開到蔡郁娟家門口，囑咐駕駛六點來接他到工地。

一踏進店門，脫下鋼盔，蔡郁娟訝異起站起來相迎，看他那一臉疲憊狀，幾乎讓她大吃一驚，「怎麼了，那裡不舒服啦？」蔡郁娟關心地問。

「沒有啦，」陳國明逕行走到櫃台旁，喝了一口茶，「我上樓睡一會，五點五十分叫我。」

「你到底那裡不舒服啦？」蔡郁娟拉住他的手，深情地看看他，「總得告訴我啊？」

「全連弟兄日夜趕工，我已經好幾天沒睡好覺，眼睛快張不開了。」陳國明有點委曲地說。

「誰教你當初不聽我的話？」蔡郁娟有不捨，亦有少許的怨尤，「自討苦吃！」

「老媽子，妳又來了。」陳國明苦澀地笑笑，逕自上樓，倒在床上，早已忘了自己，遑論是蔡郁娟……

臨近五點半，蔡郁娟請母親為他煮碗麵，不得不上樓叫醒他。陳國明猛而地醒來，急忙地看了一下腕錶，低著頭，沉思了一會，用手掌揉揉眼，精神似乎飽滿多了。

「看你睡得那麼香、那麼甜，實在不忍心叫醒你。」蔡郁娟坐在床沿，用手輕輕地撫著他短短的髮，「媽已煮好了麵，去洗把臉再下樓吃吧！」

陳國明微微地笑笑，卻突然地把她抱住，用他那歷經風吹、雨打、太陽曬的唇，不停地在她那紅潤白皙的粉頰上吻著吻著。而蔡郁娟並沒有迴避，她以一顆赤裸又火紅的心來迎合他。兩人在床上翻滾纏綿，纏綿翻滾。陳國明那雙粗糙的手，已在她那潔白的肌膚上游移，而後觸摸到的竟是她那高挺的胸部，處女的心扉。蔡郁娟微閉著眼，雙手緊緊地抓住他的衣服，口中有他的舌尖在蠕動，胸部有一雙溫暖的手在撫慰，只要他需要，她願意奉獻出一切，包括一顆彌足珍貴的處女心。然而，陳國明已滿足於此刻，在他們尚未步入婚堂時，他不能越雷池一步。儘管他想、他想、他想兩人赤裸裸地擁抱在一起，儘管他想、他想、他想深入到她的內心世界，但這個美好的時刻似乎尚未到來，他必須等待。不錯，等待是美的，美得像蔡郁娟青春俏麗的容顏，美得像蔡郁娟紅潤白皙的肌膚……

陳國明扶起她，輕輕地拍拍她的肩膀，兩人又情不自禁地擁抱在一起，但那無情的時光卻逼迫著他們下樓。蔡郁娟幫他拿了筷子端來麵，他看了一下腕錶，狼吞虎嚥地吃了好幾大口，她實在不忍心看到如此的情景，「吃慢點不行嗎？」蔡郁娟幽幽地說。

「還有幾分鐘車子就來了。」他說後，喝了好大的一口湯，又吞下好大的一口麵。不一會，一大碗麵已吞入這位革命軍人的肚子裡。他站起身，擦擦嘴，對著身旁的蔡郁娟說：「雖然睡了一個好覺，肚子也吃飽了，但一想到馬上就要和妳分開，心裡總是怪怪的。」陳國明依依不捨地說。

「什麼時候休假？」蔡郁娟關心地問。

「現在弟兄們日夜趕工，惟恐趕不上進度，哪有假可休。」陳國明無奈地說。

「別以為你是鋼鑄的、鐵打的……」蔡郁娟有些哽咽，竟然說不下去。

陳國明見狀，也有些難過，「給我一包茶葉，晚上泡著喝，好提神。」他把手輕放在她的肩上，兩人相偕地走到店內。

「要不要餅乾？」蔡郁娟把茶葉遞給他問。

「不了，連上有口糧，」門外有汽車的引擎聲響，陳國明移動著腳步，「我走了。」

「自己要保重，別老是教人擔心！」蔡郁娟深情地叮嚀著。

「嗯。」他點點頭，鼻子竟有點酸。

回到工地，弟兄們依然輪班挑燈夜戰，灰色的石灰粉，滿佈在他們青春的臉頰，烏黑的眉毛，也染上了銀白的色彩。頭上戴著笨重的鋼盔，肩扛銳利的石塊，一個個小心翼翼地跨過高低不平的地面，然後搬上卡車，或堆放在一旁的空地上。從士兵到班長，從排長到連長，各司其職，沒有一個是閒人；甚至排長、連長和士兵一起扛石頭的畫面處處可見。務農出身的連長，要扛要抬幾乎難不倒他，看他那雙粗糙的手，看他那古銅色的肌膚，看他那矯健又熟練的動作，看他那以身作則的好榜樣，弟兄們非但沒有投機取巧，對他更是敬佩有加，他們慶幸有這麼一位好連長。

負責爆破的工兵弟兄已吹起口哨把坑道淨空，其他弟兄分散在坑道外等候，然而當炸藥的引信剛點燃時，共軍猛烈的炮火也隨即來到，只見那金色的火光一閃，炮彈落地的轟隆聲跟著響起，「弟兄們，臥倒！臥倒！趕快臥倒！」陳國明揮著手，高聲地嘶喊著。又是一陣震耳的轟隆聲響起，尾隨的是一片硝煙和泥沙，「弟兄們，坑道的炸藥還未全爆，不能進去；臥倒匍匐前進，就近找掩護！」又是一聲轟隆而震耳的聲音響起，而後是慘痛的哀叫聲，緊接著是痛苦而悽愴的哀嚎……

「連長中彈了，救連長！救連長！還有班長！還有……」

倒在血泊中的陳國明，依稀聽到這些聲音，而後昏迷了過去……

醒來時他頭纏著繃帶，左眼用紗布覆蓋著，右下腿打著石膏，床頭吊著點滴，右手臂插著針管，隱約地聽到「要趕快後送」，他又昏睡在尚義醫院的病床上。

第二天一早，陳國明連上的採買，並沒有把這個不幸的消息透露出來，或許它也是屬於軍事機密吧？直到臨近十點，連長的駕駛兵把車停在蔡郁娟的店門口，行色匆匆地走進來，紅著眼眶站在櫃台前，久久說不出話。蔡郁娟一怔，內心似乎有一個不祥的預兆，「連長沒出來？」她問。

「小姐，連長他……」駕駛哽咽著。

「他怎麼啦？」蔡郁娟站了起來，急躁地問。

「連長昨晚中彈受傷了，王班長當場死亡……」駕駛已流出了淚水。

「什麼？」蔡郁娟從櫃台衝了出來，「你說什麼？」

「小姐，連長昨晚在工地被匪炮擊中了，」駕駛哭泣著說：「頭部和腿部都受傷了，流了很多很多的血，王班長被打死了……」

「天哪！」蔡郁娟悲傷而激動地驚叫著，「人呢？他人呢？」

「在尚義醫院急救，聽說要後送。」

「天哪！為什麼會這樣？」蔡郁娟的精神幾乎要崩潰，「為什麼會這樣？」

「小姐，我必須趕到工地去，如果想到醫院看連長要快，」駕駛走了幾步又轉回頭，「這件事請保密。」

蔡郁娟把這則不幸的消息告訴了母親，她已沒有心思關好店門，請母親暫時照顧一下，快速地攔下一部計程車，急往尚義醫院。

「請問陳國明上尉住在幾號病房？」她急迫地問。

掛號處的服務員抬頭看看她，「陳上尉今天後送，救護車已經送他到機場了。」

蔡郁娟心一涼、腳一軟，眼淚已情不自禁地奪眶而出。她心急如焚、快速地跑到公車的站牌前，好不容易攔到一部計程車，雖然機場就在不遠處，司機在她的要求下也加足了油門，但並不能如她所願。候機室已空無一人，衛兵擋住她走向停機坪的去路，她落寞而失神地站在拒馬前，從鐵絲網的空隙處遠遠望去，救護車已停在一一九的機身旁，兩個看護兵抬著擔架，她不敢想像躺在上面的傷患就是陳國明。而想探望和陪伴他的機會已頓然失去，上天為什麼要那麼殘酷，為什麼不憐憫她這個失怙的小女子，為什麼此刻又要和他再分離；一旦有什麼意外和變化，往後的日子要她如何來度過。一滴滴悲傷的淚水不停地往下淌、往下淌……

草綠色的軍機緩緩地滑出跑道，蔡郁娟的心也隨著機身不停地晃蕩和上昇著。她含淚地看看那一簇簇飄盪不定的浮雲，這是否就是她未來的人生歲月？她盈滿著淚水的眼已模糊，看不清那架草綠的軍機已駛離尚義出海口，數不清自己擦拭過多少遍的淚水，只感到心頭有難於承受之重……

回到家，她抱著母親失聲地痛哭著。

「見到國明沒有？」母親關心地問。

「我趕到醫院，他們說：救護車已送他到機場了；我趕到機場，看護兵已抬他上了飛機。」蔡郁娟激動而失聲地哭泣著，「媽，一眼也沒有見到，一眼也沒有見到！」

「孩子，不要難過，吉人自有天相，」母親拍拍她的肩，安慰著說：「他會沒事的！」

「媽，駕駛兵說：他的頭部和腿部都受傷了，流了很多很多的血。」蔡郁娟眼眶含著淚水，「如果不嚴重的話，是不會後送的！」

「唉，」母親微嘆了一口氣，「為什麼會這樣，為什麼會這樣！」她走到神龕前，點燃一炷清香，喃喃地唸著：「蔡家列祖列宗啊，請保佑國明這個好孩子免予受苦受難，他是延續蔡家香火唯一的希望啊……」

「媽，」蔡郁娟跟著走來，「要不要把這件事告訴國明的父母親？」

「或許部隊會通知他們的，」母親頓了一下，想了想，「一旦妳見到他們，難免會傷心、會落淚，妳忍心再讓二位老人家陪妳痛哭嗎？天下父母心啊……」母親感歎著。

蔡郁娟點點頭，認同母親的看法。此刻她唯一想做的，似乎不是掉在悲傷痛苦的深淵裡，而是堅強地面對人生的挑戰，任憑身心俱疲、粉身碎骨，她也會堅持到最後一刻，絕不輕易地退縮。

每天早上，蔡郁娟總會從採買口中，得到一些關於連長在台北三軍總院醫療的訊息；雖然他們也是聽說和據說，但營長從三總帶回來的消息，或許不容懷疑。

「聽副連長說：營長陪著師長親自到三總探望連長；連長最嚴重的地方是左眼和右腿，左眼可能……」採買還未說完。

蔡郁娟緊張地問：「可能怎樣？」

「對不起，蔡小姐，我沒聽清楚。」採買有所保留。

「那麼右腿呢？」蔡郁娟急促地問。

「右腿開放性骨折，雖然已經開刀做鋼板內部固定的手術，但以後可能……」

「可能怎樣？」

「對不起，蔡小姐，我沒聽清楚。」採買緊接著說：「唯一慶幸的是連長頭部的傷口，並沒有傷及到腦神經，也沒有受到任何的感染，正逐漸地癒合中。」

這些寶貴的訊息，的確讓蔡郁娟放心不少，只要能保住性命，其他的似乎並不重要；相信不久，陳國明就能康復出院，回到她的身邊。蔡郁娟時時刻刻，日日夜夜期待著……

第二十章

在三總度過了無數的日夜晨昏，眼部手術、腿部開刀，進出手術室猶如家常便飯。陳國明手臂上密密麻麻的針孔，右腿上敲掉又打上的新石膏，整個身軀已失去了平衡，必須仰賴護腋枴杖來支撐；沒有視力的左眼依然覆蓋著紗布，戴著眼罩，醫生說左眼受傷嚴重，已完全喪失功能。他不敢想像未來的日子是光明還是黑暗，只以簡單的信件向父母以及蔡郁娟報平安，沒有勇氣告訴他們詳情。

然而，陳國明做夢也沒想到，竟然會在醫院裡遇見嘉義鱸鰻楊平江，原來他是三總的上尉政戰官。雖然跛著腿，矇著一眼，但他鄉遇故知的那份喜悅，讓他暫時忘記了病痛。

「楊平江，人生真是何處不相逢，」陳國明強裝笑顏，「想不到會在這裡遇見你。」

「好點了吧？」楊平江關心地問。

「左眼瞎，右腿跛，」陳國明感傷地，「將來只能這樣回鄉見父老了。」

「想開點，」楊平江安慰著，「能保住這條性命也算不錯了，聽說在你旁邊的一位班長當場被打死，好幾位受到輕傷？」

陳國明紅著眼眶，久久說不出話來。「想不到一位剛從士校畢業的青年，就這樣為國犧牲了，真教人心酸啊！」

「當初我們選擇從軍報國這條路，你有沒有後悔過？」

「沒有。」陳國明斷然地，「倒是蔡郁娟，一旦有什麼事，她總是把：誰教你當初不聽我的話，掛在嘴上，像老媽子那麼地嘮叨著。」

「你們還在一起啊？」楊平江訝異地。

「五年沒有來往了，調回金門後我主動去找她，我們的感情在短短的一夜間又恢復了。」

「難得，實在是難得，」楊平江有些兒感佩，「你們這段感情真是太珍貴了。」

「在我未受傷前，我們的感情可說是與日俱增，也懷抱著許多理想和希望，」陳國明黯然又激動地，「而今天，你楊平江睜大眼睛看看我這副德性；瞎了一隻眼，跛了一條腿，一旦出院後，馬上就要因殘廢而退伍，連我們為它犧牲奉獻的國家都不要我了，試想；一位青春俏麗、活潑健康、家境寬裕的女孩，她願意嫁給一位殘廢的退伍軍人嗎？她願意與一位瞎眼跛腿的殘廢者廝守終身嗎？」

「蔡郁娟絕對不是一位勢利的女孩，」楊平江開導他說：「從我們讀初一的那年，她就對你一往情深，別的同學分分離離，而你們卻禁得起歲月的考驗。我敢斷定，她對你的感情，絕對不會因此而有所改變！」

「楊平江，或許你說的也有幾分道理，但一個殘廢者，他沒有選擇幸福的權利，只能踐踏自己的尊嚴，去遷就這個社會！」

「不要愈說愈玄，也不能自卑；革命軍人嘛……」

「不，我已失去革命軍人的資格；我是一個殘廢者！」

「你不能有這種悲觀的想法，一切要坦然來面對，」楊平江無奈地笑笑，轉換了話題，「你給蔡郁娟寫過信沒有？」

「我只簡單地告訴她，我已平安無事，不久就可出院，要她不必牽掛也不必回信。」陳國明淡淡地說：「那是很久以前的事了。」

「你應該把詳情寫信告訴她才對，而不是選擇逃避！」

「楊平江，我不但沒有那份心思，竟連一點小小的鬥志也喪失了；想不到我陳國明竟是那麼地不堪一擊！」陳國明無限地感慨，「共軍的大炮不僅打瞎了我的眼、打斷了我的腿、也打碎了我的心！」

「陳國明，我能理解你現在的心情，但你似乎沒有想過，金門歷經九三、八二三、六一七炮戰，多少無辜的島民死在共軍的炮火下，多少房屋田園被摧毀，多少畜牲家禽被打得血肉紛飛，但並沒有擊垮我們活著的信心。你雖然瞎了左眼，但還有右眼；你跛了右腿，還有左腿；你怎麼能消極？怎麼能失去信心？」楊平江激動地說：「不要忘了，我們純樸善良的鄉親在等待著你！養育你長大成人的父母親在等待著你！美麗賢慧、端莊婉約的蔡郁娟在等待著你！你不能失去信心！你不能沒有信心！」

陳國明雙手掩著臉，失聲地哭泣著。然而，又有誰能體會他此刻的心情？楊平江並沒有理會他，就讓他痛痛快快地哭一場，把悲傷的淚水流乾流盡吧！惟有如此，才能減輕他內心的苦痛，才能讓他思索出一條未來該走的路！

「或許，再過一段時間就可出院了。」楊平江淡淡地說：「大夫說後續的復健很重要，如果沒有其他變化，以後並不需要依靠肢架和枴杖，雖然會有些不便，但這何嘗不是：不幸中的大幸。」

「可是我的眼睛呢？我的眼睛呢？」陳國明依然失控著。

「你的左眼雖然失去了光明，但並沒有失去希望，」楊平江提高了音量，「陳國明，用你的右眼依然能觀天下、依然能看清這個世界！難道你眼盲心也要跟著盲？對我們那片曾經被戰火蹂躪過的土地，不存在著一絲感念？從軍報國是我們當初的雄心壯志，雖然你負傷並非在沙場，但那艱鉅的任務視同作戰；你的左眼右腿可說都是為國犧牲，這何嘗不是一位革命軍人至高無上的榮譽。過些日子，雖然你必須因傷殘而退伍，但你還年輕，無論回到社會或家庭，依然能展現你旺盛的生命力，為我們歷盡苦難的家鄉、純樸的島民，貢獻一份心力。」

「一個連自己國家都不要的傷殘軍官，他能做什麼？能為自己的家鄉做什麼？或許只不過是一條寄生蟲罷了。」陳國明的情緒並沒有平復，「當初被打死的為什麼不是我？為什麼不是我？而是一位那麼優秀的士官！留我這個連長、留我這個殘廢的連長有什麼用？」他又激動地哭了起來，「楊平江，你幫幫忙，不要讓我出院，我願意在這裡等死！」

「來到三總一年多了，」楊平江微嘆了一口氣，「從太平間運往殯儀館的往生者不知凡幾，但大部分都是國軍弟兄，他們不是積勞成疾，就是因公傷亡，又有哪一位願意住在這裡等死的？只有你陳國明禁不起這點打擊，不敢面對現實；想逃避、想等死！真不知道我們金門人那股不怕死、不怕難的戰鬥精神在哪裡？」

「我心有不甘！」陳國明咬牙切齒地說。

「我瞭解你現在的心情，」楊平江不客氣地，「倘若你真要怪罪，該怪的是我們的敵人，而不是我們的土地和人們！請問：國家有沒有對不起你？長官和部屬有沒有對不起你？父母有沒有對不起你？我們的鄉親父老有沒有對不起你？準備和你攜手共創幸福人生的蔡郁娟有沒有對不起你？」楊平江的情緒稍微地平復，「陳國明，男子漢大丈夫，凡事替自己想，也必須替別人想；擦乾你的淚水，打起精神，回到自己的家鄉，重新思考未來，而不是選擇逃避和等死！」

「唉…」陳國明深深地嘆了一口氣。

「你應該把詳情寫信告訴蔡郁娟，並由她轉告伯父母，惟有這樣做，才對得起自己的良心。」楊平江開導他說。

「我沒有這份心情。」陳國明冷冷地。

「你不寫，我來寫！」

「悉聽尊便！」

楊平江不僅在三總服務年餘，在幹校高級班進修時也讀過心理學，對於病患的心理或多或少瞭解一些。尤其是一位前途被看好的革命軍官，突然遭受如此重大的驟變，心裡難免會失衡；基於同鄉又是同學的情誼，他不得不設法來幫助他。然而，限於規定，陳國明想繼續留在醫院已是不可能的事，他必須以一個殘廢待退的軍官身分，辦理出院回家療養。於是他寫了一封信給蔡郁娟，希望她能來三總接他回家，並以愛的力量來開導他、協助他，讓他恢復一個健康的心理，未來才有幸福可言。楊平江很快就接到蔡郁娟的回信，她將設法盡快地申辦出入境證，來三總接他回家。但楊平江卻不敢把這個訊息告訴陳國明。

眼科的主治醫師已為陳國明取下紗布，並為他配了一副眼鏡。他的眼球並沒有深凹也沒有凸出，只是覆蓋著一層霧膜，可見在手術的處理上是很細密的；戴上眼鏡後，如果不仔細地看、不講出來，又有誰知道這隻眼是瞎的呢？然而，儘管醫師和護理人員百般的安慰，但陳國明腦裡只有「瞎子」和「跛子」這兩個不治之症的陰影，其他的言詞和慰語，始終對他起不了任何作用。以往謙和的個性，此時卻變得非理性，看在醫護人員眼裡，倒也見怪不怪，這是一位傷殘者內心自然的反應，他們看多了。

右腿的石膏也完全清除了，但足盤卻無力著地，必須仰賴護腋柺杖來支撐，讓身體平衡，再靠左腳的力氣，始能移動腳步。骨科醫師信心滿滿地告訴他，只要經過半年復健，就可以不必依靠柺杖，雖然會有一點跛，但絕對不會造成生活上的不便。然而，陳國明看的是現在，對未來不敢寄予厚望，在他的內心裡：瞎子就是瞎子，跛子就是跛子；一眼瞎也是瞎，一點跛也是跛，他已是一個殘廢的人了！

拿著三總轉發的傷殘退伍令，陳國明的內心交織著矛盾與茫然。他穿著上衣口袋上繡著「三總」標誌的病患衣服，拄著柺杖，一步步吃力地來到大門外，就地坐在花圃的矮牆上。他舉頭看看這秋末初冬的藍天，他看看汀洲路茫茫的大道；是的，國家沒有對不起他，但他何曾有對不起國家的地方。在長官的鼓勵下，他毫不猶豫地留營十年，以青壯之年來報效國家，而今，他因公負傷成殘，卻必須馬上退伍離開軍營，雖然可領到一筆退伍金，長官也向他保證，待他完全康復後會輔導他就業。然而，這些對他來說似乎並不重要，瞎了一眼，跛了一腿才是他內心永遠的痛！

他仰賴護腋枴杖的支撐，吃力地站起身，緩緩地移動腳步，初冬冷颼的寒意直上心頭，在醫院白色的長廊裡，遠遠望見一個熟悉的身影，正形色匆匆四處張望著。他想回避，他想走開，已是力不從心、心不從人願。

「陳國明……」蔡郁娟眼裡噙著淚水，快速地向他奔馳過來。

「蔡郁娟……」陳國明拄著枴杖，伸出顫抖的左手，以盈滿眼眶的熱淚來迎接她。

然而，在這個熙熙攘攘的白色長廊裡，他們還是忍下即將失控和崩潰的情緒，在蔡郁娟的攙扶下，來到一間小小的單人病房裡。他能長期住在這裡療傷，的確是上級長官對他這位來自前線，因公受重傷的病患特別的禮遇。當白色的房門關上，他們已抱在一起，失聲地痛哭著。久久，蔡郁娟含淚地抬起頭，用手輕輕地撫著他的臉，仔細地看看他。

「左眼瞎了，右腿跛了……」陳國明哽咽地，竟伏在她的肩上泣不成聲，「要是當初聽妳的話就好了。」他有些兒自責。

「不，你選擇自己想走的路並沒有錯，」蔡郁娟安慰著，「一個男孩子必須要有自己的理想和抱負。」

「理想和抱負換取而來的卻是殘廢！」陳國明憤慨地，「蔡郁娟，我不甘心啊！」

「你不甘心，我何嘗不替你難過！」蔡郁娟扶他在床沿坐下，柔聲地說：「說這些似乎於事無補，也不能讓你回復到原有的健康。現在唯一的，必須坦誠來面對；你的左眼雖然被黑暗遮掩，但還有一隻光明的右眼；你的右腿雖然有缺陷，但卻是為國犧牲的標誌，相信鄉親和家人都會引以為榮的。」

「妳在安慰我，是嗎？」

「我不是安慰，而是說出心中想說的話。」蔡郁娟柔聲而低調地，深恐刺激著他，「同時來為你辦出院，陪你回金門。」

「我這副模樣能回金門？」

「為什麼不能？」

「一個連國家都不要的軍人，一個瞎了一眼，跛了一腿的廢人，能被這個現實的社會接受嗎？」

「為什麼不能？」

「一個需要靠旁人攙扶的殘廢者，他能再拖累別人嗎？他有什麼權利讓人家跟著他受苦受難？」

「說完了沒？」蔡郁娟拉起他的手，輕輕地撫著他的手背，細聲地說：「今天，我懷著一顆沉重的心來到這裡，除了想念你、關心你的傷勢外，也準備聽聽你的聲音。現在如果你對國家、對長官、對社會、對家人和我有什麼不滿的地方，你盡情地發洩，我蔡郁娟洗耳恭聽。如果你的理由太過牽強，不能讓我心服的話，你必須聽我說幾句。」

「不，誰的話我也不聽，」他固執地，「我寧願在這裡等死！」

「不要說這些悲觀喪氣的話，」蔡郁娟依然柔聲地，「如果讓阿伯阿姆聽到，不知會有多麼地傷心？他們一聽說我要到台北來接你回家，阿姆擁著我泣不成聲，阿伯的淚水也爬滿著他多皺的臉龐。陳國明，我們都是受過教育，有血性、有良知的青年，父母養育之恩、恩重如山；他們為子女、為家庭辛苦了一輩子，我們不僅沒讓他們過過一天好日子，難道還忍心再讓他們傷心嗎？古人說：死輕於鴻毛，重如泰山，身為一個革命軍人，你為國家的犧牲和奉獻有目共睹，雖然受了傷，但它絕對是光榮的象徵，怎麼能夠輕率地言死？那年學校行軍的時候，我們不是唱過：『黃埔男兒最豪壯，多少風雨把我們磨練的更堅強，多少的前輩血汗把歷史寫的更輝煌。黃埔精神在發光，大步邁向戰場，犧牲個人換取國家和平強壯！』而今，你這位黃埔男兒只不過受了點傷，就悲傷絕望；國也不要、家也不要了、父母和親人也不要了；君無戲言、言出如山的諾言，或許早已把它拋到九層雲霄外了！」

「一個殘廢的人，不得不向命運低頭……」他哽咽地說，緊跟著來的是一串串悲傷的淚水。

「我能理解你此刻的心情，一個強壯的革命軍官，在一夕間遭受如此的驟變，想要他不悲傷也難。」蔡郁娟取出小手帕，輕輕地為他擦拭著淚水，「既然事情已發生了，也成了一個不可挽回的事實，為什麼不走出那份陰霾，勇敢地面對現實，重新站起來，相信我們純樸善良的島民，都會以一顆誠摯之心來迎接你的。」

「在一個夜深人靜的晚上，當我流盡淚水的時候，我也曾經想過：是不是我貿然地留營十年的役期太長了，上天有意讓我提早退伍，好實踐做妳的伙計的諾言，」他的眼眶又紅了，淚水再一次地滾下，「然而，當我想起自己已是一個殘廢的人時，我的心又涼了，一切的夢想猶如昨日雲煙……」

「或許，上天真的有意做如此的安排；要不，沒有理由讓你現在就退伍。」蔡郁娟順勢說：「我迫切地需要你……」

「妳需要一個殘廢的人？」陳國明搶著說。

「我需要的不是你的一隻眼或一條腿，而是你那顆熱忱又善良的心！」蔡郁娟哽咽地說：「無論命運如何地多舛，無論老天如何地安排，無論世事如何地變化，陳國明，我愛你的心永遠不變，不要忘了我們的諾言。」

「妳會後悔的！」

「如果會後悔，今天不會坐在你身旁。」

「我不能拖累妳。」

「你不但不會拖累我，還會幫助我、愛我！」

「不要對一個殘廢的人抱著那麼大的希望和信心！」

「不，你沒有殘廢，」蔡郁娟有些激動，「在我心中你永遠是健康的、完美的！」

「期望愈高，失望愈大，我相信妳懂得這個道理。」陳國明的情緒似乎平靜了許多，「蔡郁娟，雖然我們相識相愛已有多年，但始終保持著一個清白之身。以妳的美貌和優越的條件，和一個殘廢的人在一起，是多麼地不搭配啊，爾後無論妳做任何的選擇，我都會祝福妳的！」

「別以為我蔡郁娟是一個朝三暮四的女人，想不到我等待的竟是這句讓我傷心的話！現在我因瞭解你的心情而不怪你，但我必須要奉勸你，與其用這些話來激我，何不把頭轉回來，重新看看這個美麗的世界，重新想想我們相處過的每一段時光，為我們共同的理想而奮鬥，為我們永恆不渝的深情而活下去！」蔡郁娟時而撫撫他的髮，摸摸他的臉，並以她細柔的聲韻繼續說：「回到金門，我會協助你做復健，很快地就不必依賴枴杖，過一段時間就能完全復元。做完早市生意，我們就回鄉下種田，看看那片青蒼翠綠的山林，望望那片湛藍的大海。我還要你教我犁田，教我種蕃薯、種花生、種高粱、種玉米、種小麥；養豬、養雞又養鴨……，陳國明，你願意嗎？」

陳國明微動了一下唇角，露出一絲難得的笑容，蔡郁娟見狀更是喜悅異常；她雙手搗住他的雙頰，給他一個深深的吻。或許，愛的力量真能把一個意志消沉的青年喚醒，讓他即時回頭免於掉入萬丈深淵；時間勢必也能撫平陳國明身心上的創傷，在政工幹校高級班進修過心理學的楊平江他知道。巧而，他也來探望同鄉又是同學的陳國明。

「妳就是蔡郁娟吧？」楊平江笑著問。

蔡郁娟點點頭，笑笑。

「不就是你多管閒事，寫信叫她來的嗎？」陳國明面無表情地說：「還裝什麼蒜。」

「有那麼漂亮的小姐來探病，我還以為你背叛了蔡郁娟，在台灣留下的情緣。」楊平江開起了玩笑。

「或許只有你楊平江才有這個福份吧！」陳國明冷冷地，「一個殘廢的人……」

「你怎麼老是把這句話掛在嘴上？」楊平江有些不客氣，「我不是告訴過你了嗎？病況絕對不是你想像中的那麼嚴重，說不定將來還可以換眼角膜呢！骨科大夫看過最後那張片子也相當樂觀，他保證經過半年的復健，一定可以讓你過正常人的生活。金門人嘛，歷經無數次的戰爭，槍彈炮彈見多了，傷殘的鄉親也屢見不鮮，按理說應該更堅強才對，想不到你陳國明竟然那麼軟弱。」

「不是我軟弱，是你楊平江沒經歷過！」陳國明強辯著。

「不必強辯，我瞭解你，」楊平江搖搖手，笑著說：「自尊心強的人，相對地，自卑感也重。」他說後，轉向蔡郁娟，「看在同學的份上，我要對妳提出忠告，回金門後，如果陳國明膽敢再說一句：他是一個殘廢的人，蔡郁娟，妳就別再愛他！」

「楊平江，你放心，如果蔡郁娟不愛我，也輪不到你！」陳國明的情緒似乎已平復了不少，臉上也露出了一點笑意。

「想當年在學校，我只服你陳國明一人，」楊平江坦誠地說：「記得我曾經對你說過：學校漂亮的女生，除了蔡郁娟外，我個個都想追！」楊平江愜意地笑笑，「經過打聽，當年在學校出雙入對的同學，幾乎對對分道揚鑣，只有你倆走來始終如一，不僅讓我羨慕，更讓我欽佩！」

蔡郁娟看看陳國明，他也正看著她，兩人的視線正好重疊在一起，他們會心地一笑，相信楊平江說的是真心話。然而，未來的路該如何走，陳國明是否會接受蔡郁娟和楊平江的規勸，走出隱藏在心中的那份陰霾，回到那塊孕育他們成長的小島嶼，迎接光明燦爛的人生？

那晚，楊平江搬來一張折疊椅，好讓遠道而來的蔡郁娟陪伴著陳國明，他相信這對戰地鴛鴦還有許許多多的話想說，如果事先沒有充分的溝通，一旦回到自己的家鄉再起紛爭，對他們來說並沒有好處，但這似乎是他的多慮。五年的分離再重聚，歲月不僅讓他們成長，也考驗著他們的感情；然而，在感情這條路上他們走得很逍遙、很愜意，但是否有毅力越過生命中的這道藩籬，向幸福世界邁進，上天正考驗著這對年輕人的智慧。

「明天辦出院，我們後天就回金門。」蔡郁娟深情地看看他，「楊平江已透過關係，為我們排了機位，我會細心照顧你的……」

「我的內心充滿著矛盾，」陳國明紅著眼眶，「這副模樣的確讓我恥於歸鄉，恥於面對鄉人；要是能留在這裡多好，唉……」他深深地嘆了一口氣。

「你怎麼又想起這些了，」蔡郁娟愛憐地牽著他的手，「我們不是已講好了嗎？」

「這幾天是我內心最痛苦的時刻，」陳國明皺起了眉頭，「它比起我躺在手術台上，讓骨科醫生切、割、釘、鑽還難受。」

「為什麼？」蔡郁娟不解地問。

「讓妳一個弱女子來攙扶我，我於心何忍啊！」

「那是我心甘情願的！」

「在我尚未完全復元前，我能幫妳什麼？只會增加妳精神和身心上的雙重負擔。」

「只要回到金門，只要我們同在一條生命的小舟上，陳國明，你是我最甜蜜的負荷，也是我未來的依靠！」蔡郁娟的眼眶已紅了，「我知道你遭受如此重大的打擊和傷痛，心裡不僅難過，一時也無法平復；但我的心情和你並沒有兩樣，一滴滴眼淚只能往肚裡吞。別忘了這裡只是醫院，不是你久留的地方，惟有踏上我們的土地，回到自己的家，看到日夜盼望著你歸來的親人，才是我們所冀望的！」悲傷的淚水已爬滿著蔡郁娟的臉龐，她停頓了一會，拭去滾下的淚珠，又柔聲地說：「聽我的話，聽我這一次就好，別再猶豫了，只要回到自己的家，往後凡事依你……」

陳國明久久的沉思，淚水情不自禁地又奪眶而出，他突然激動地握住蔡郁娟的手，「讀初中時，妳像大姐姐般地照顧我、鼓勵我，又給我一份純純的愛；五年後的今天再重聚，妳給我的依然是無怨無悔的愛和深情，而我給過妳什麼？妳要求過我什麼？今天妳飄洋過海、千里迢迢來到這塊陌生的土地，只為了要陪伴我回到久別的家鄉，用妳的愛來撫平我身心上的創傷。雖然我的身體遭受匪炮的重擊，它不僅讓我成殘，也傷及我的心，然而，那顆心經過愛的滋潤和撫慰，鮮紅依舊、並未泯滅。蔡郁娟，我願意聽妳的，一切就由妳來決定吧！當回到孕育我們成長的那塊小島嶼，我會站起來，重新站起來！絕對不會辜負妳的期望！」

「陳國明，君無戲言？」

「蔡郁娟，言出如山！」

尾聲

回到金門，回到闊別許久的家鄉，經過數月的療養和復健，陳國明的右腿雖然有點跛，但行動自如，不必依靠枴杖或任何的輔助器具；左眼雖盲，但卻有一隻健康的右眼。他婉拒退輔會輔導就業的安排，心甘情願地在蔡家的店裡忙進忙出。經過一段時間的適應，陳國明以他異於常人的智慧和勤奮，適時掌握商機，充分發揮老闆和伙計的雙重角色，把蔡家的生意推向另一個高峰。

雖然陳國明沒有按月領薪，卻受到蔡家的充分信任和授權，錢櫃的鑰匙由他保管，陳家所有的費用也由蔡郁娟一肩挑起，對待未來的公婆猶如自己的父母，村人親友無不豎起大拇指，誇讚她的賢慧和孝心，當然也期待著早日喝到他倆的喜酒。

在老家那片山林和田野，經常可見到他倆捲起褲管，下田協助父母農耕的情景。雖然他們並非因此而生，但內心始終存在著一份難以割捨的鄉土情懷；蔡郁娟非但不覺得疲憊，每次來到這個青蒼翠綠的小山頭，內心更充滿著無限的喜悅。儘管他們尚未步入婚堂，但畢竟是遲早的事，「厝邊頭尾」，「鄉親序大」早已把她視為村人，讓蔡郁娟感到無比的窩心。

陳國明隸屬的步兵第六十九師也調離了金門，再也見不到昔日同甘共苦的袍澤，雖然有點失望，但很快就平復了，因為蔡郁娟不願他重提那段從軍報國的往事，惟恐又勾起他傷心的回憶。然而，人有時會在不經意間搔到別人的痛處。有一晚打烊後，他倆在房裡聊天，蔡郁娟無意中叫了一聲：「連長……」

「妳是不是欠揍，」陳國明握住拳，在她面前虛晃了一下，「妳明明知道我是傷兵，還叫我連長。」

「歹勢啦，」蔡郁娟柔聲地，「不是故意的，以後不敢了！」

陳國明深情地看看她，「其實這輩子只會疼妳、愛妳，那敢揍妳！」

「老天有眼，」蔡郁娟興奮地，「這何嘗不是我前世修來的福份。」

「蒼天賜福於祂的子民，往往與我們祈求的不謀而合，」陳國明有些兒感慨，「如果不受傷退伍，現在又跟著部隊調回台灣，那必然是兩地相思一樣同。而今天，雖然在肢體上有些缺陷，卻能和妳長相守。蔡郁娟，這不知是幸，還是不幸？」

「當然是幸！」她高興地說：「這何嘗不是因禍而得福！」

「雖然我已經想透了一切、看透了一切，不再認為自己是一個殘廢者；珍惜生命，愛鄉愛土，愛我的家人，愛妳蔡郁娟，是我永恆不渝的心願。然而，我必須再一次地提醒妳：以妳的端莊、美貌與家世，和一位……」

陳國明還沒說完，蔡郁娟伸手摀住他的嘴，「我知道你想說的是什麼？它是我最不願聽到的。從認識到現在，我愛你的心始終沒有改變，不必用你身上那點小小的缺陷做藉口，想逃避我、想離開我？陳國明，你就死了這條心吧！你永遠不能得逞，我這輩子是跟定了你！」

「妳不後悔？」

「不後悔！不後悔！永遠不後悔！」

「好，那我明天就把妳娶回家。」

「為什麼不是現在？」她仰起頭，雙手勾住他的脖子，用那對迷人的眼看著他，「你已不具軍人身分了，既不必申請，也不必接受調查和輔導，只要我們的兩顆心永遠契合在一起，不就可以了嗎？為什麼還要等明天？」

「明天會有絢麗燦爛的陽光，亦有鳥兒悅心的歡唱。」

「不，今晚的月色最浪漫、最美好，我願意現在就嫁給你！」

「妳怎麼愈來愈三八呢？」陳國明笑著說：「妳是蔡家的千金小姐，總得讓人家風風光光把妳迎進門，那能草草率率說嫁就嫁。」

「不，我不要那些形式，」蔡郁娟緊緊地抱住他，「我不能沒有你，我怕失去你！」

「我不是天天在妳身邊嗎？」陳國明拍拍她的肩，「怎麼愈來愈不像個老闆樣？」

「不，我不要做老闆，」蔡郁娟抬起頭，深情地看著他，「我願意在你的呵護下，做一個好媳婦、好妻子、好母親！」

陳國明托起她的下巴，雙眼凝視著她那片乾旱又飢渴的嘴唇，而後微微地低下頭，用他那熾熱又火紅的舌尖，在她那片急待春雨滋潤的唇上輕輕地吻著吻著。而蔡郁娟體內的血液正加速地循環，青春的火焰不停地在心靈深處裡燃燒。於是，兩人緊緊地擁抱在一起，黑夜也快速籠罩著大地，然而，一向冷靜的陳國明，卻不能以心中的冷泉，來澆熄蔡郁娟體內的火花，反而由微弱的火苗，讓它快速地竄燒成猛烈的火神。

在這個美好而浪漫的月色裡，他們毋須等待洞房花燭夜，只冀望牡丹花開時。陳國明的衣釦已被解開，蔡郁娟何嘗不是也如此。她撫摸著他粗壯結實的身軀，他的手在她雪白的肌膚上游移，在捻熄檯燈的剎那，一件白色的內褲隨即被丟棄在黑暗的床角，一條粉紅的褻衣緊跟著而來。他們赤裸著身軀，在那床朱紅的絨毯裡繾綣纏綿、纏綿繾綣。歷經戰火洗禮過的這對青年男女，對於即將來臨的這場戰爭並不懼怕；只因為他們心中有愛，彼此願意奉獻的，是彌足珍貴的處女心、處男情。這場沒有槍聲和炮聲的戰爭，對他們來說不僅貼心也倍感珍貴。況且，冬天來了，春天已不再遠，喜鵲也捎來：「有情人終成眷屬」的佳音。

戰爭雖然提前爆發，但它不必越過雷區，也沒有鐵絲網的阻隔，就在那片平坦的草原上交戰和廝殺。是誰高奏勝利的樂章？是誰豎起失敗的旗幟？對他們來說並不重要；心與心的契合和交集才是發動這場戰爭的原意。他們繾綣纏綿、纏綿繾綣，心中熾熱依然、體外有血又有汗，從今夜到亙古，永遠會有新婚蜜月般的歡愉。

窗外的月光已被烏雲遮掩，大地一片寧靜，激烈的戰爭也趨向和緩，戰場上留下一抹美麗的嫣紅，當那股晶瑩剔透的暖流，湍急地流進蔡郁娟體內時，在陳國明耳旁繚繞的，是歡娛過後微弱的低吟——那聲音並非蟬鳴或鳥叫，而是蛙兒悅耳的清唱……

（全文完）

原載二〇〇三年十月廿六日至二〇〇四年元月九日《浯江副刊》

國家圖書館出版品預行編目

陳長慶作品集. 小說卷 / 陳長慶作. -- 一版.
-- 臺北市 : 秀威資訊科技, 2006- [民95
-]
冊； 公分. -- (語言文學類 ; PG0085)

ISBN 978-986-7080-48-6(第6冊 : 平裝)

857.63 95001362

語言文學類 PG0085

【陳長慶作品集】——小說卷・六

作　　者 / 陳長慶
發 行 人 / 宋政坤
執行編輯 / 李坤城
圖文排版 / 張慧雯
封面設計 / 郭雅雯
數位轉譯 / 徐真玉　沈裕閔
圖書銷售 / 林怡君
網路服務 / 徐國晉
出版印製 / 秀威資訊科技股份有限公司
台北市內湖區瑞光路 583 巷 25 號 1 樓
電話：02-2657-9211　傳真：02-2657-9106
E-mail：service@showwe.com.tw
經 銷 商 / 紅螞蟻圖書有限公司
台北市內湖區舊宗路二段 121 巷 28、32 號 4 樓
電話：02-2795-3656　傳真：02-2795-4100
http://www.e-redant.com

2006 年 7 月 BOD 再刷
定價：290 元

讀　者　回　函　卡

感謝您購買本書，為提升服務品質，煩請填寫以下問卷，收到您的寶貴意見後，我們會仔細收藏記錄並回贈紀念品，謝謝！

1.您購買的書名：________________________

2.您從何得知本書的消息？

☐網路書店　☐部落格　☐資料庫搜尋　☐書訊　☐電子報　☐書店

☐平面媒體　☐ 朋友推薦　☐網站推薦　☐其他__________

3.您對本書的評價：(請填代號　1.非常滿意 2.滿意 3.尚可 4.再改進)

封面設計____　版面編排____　內容____　文/譯筆____　價格____

4.讀完書後您覺得：

☐很有收獲　☐有收獲　☐收獲不多　☐沒收獲

5.您會推薦本書給朋友嗎？

☐會　☐不會，為什麼？________________________________

6.其他寶貴的意見：________________________________

____

____

____

讀者基本資料

姓名：____________________　年齡：______　性別：☐女 ☐男

聯絡電話：________________　E-mail：____________________

地址：____

學歷：☐高中(含)以下　☐高中　☐專科學校　☐大學

☐研究所(含)以上　☐其他______________

職業：☐製造業 ☐金融業 ☐資訊業 ☐軍警 ☐傳播業 ☐自由業

☐服務業 ☐公務員 ☐教職　☐學生 ☐其他__________

請貼
郵票

To：114

台北市內湖區瑞光路 583 巷 25 號 1 樓

秀威資訊科技股份有限公司　　收

寄件人姓名：

寄件人地址：□□□

(請沿線對摺寄回,謝謝!)

秀威與 BOD

BOD（Books On Demand）是數位出版的大趨勢，秀威資訊率先運用 POD 數位印刷設備來生產書籍，並提供作者全程數位出版服務，致使書籍產銷零庫存，知識傳承不絕版，目前已開闢以下書系：

一、BOD 學術著作—專業論述的閱讀延伸
二、BOD 個人著作—分享生命的心路歷程
三、BOD 旅遊著作—個人深度旅遊文學創作
四、BOD 大陸學者—大陸專業學者學術出版
五、POD 獨家經銷—數位產製的代發行書籍

BOD 秀威網路書店：www.showwe.com.tw
政府出版品網路書店：www.*gov*books.com.tw

永不絕版的故事・自己寫・永不休止的音符・自己唱